著
Y.A
八男って、それはないでしょう!
20

「子竜を抱く魔王様……」「実にいい」「尊い……」

「そうか。竜を従える余に威厳が出た証拠だな」

魔王様、モールたちが言いたいことは、
そういうことではないと思います。

魔王　エリザベート・ホワイル・ゾヌターク九百九十九世

ヴェンデリン
ルル
「大丈夫です、私が海竜を撃退しますから！」
幼いのに使命感に燃えているようで、
ルルは自分が海竜を退治すると宣言した。
だが、俺たちがいてこの子に海竜退治を任せるわけがない。

細川藤孝
「秋津洲御殿には大量の地下水が湧きだす泉があり、これがあれば農作物が枯れる心配もない」
秋津洲高臣
「勝手なことを言うな！我々もギリギリなのだぞ！」
七条兼仲
七条兼仲によると、最近この島では雨が降らず、川も少ないので農作物が育たないで困っているのだと言う。

CONTENTS

八男って、それはないでしょう！⑳

第一話　ゾヌターク王国復活？

「このままでは、確実に魔族は衰退してしまう！　余は、魔族の王国を復活させることをここに宣言する！」


いきなり俺たちに会いに来て、魔族の王国を復活させると宣言した魔王様（年齢十歳の少女）。

正直なところ、好きにやってくれといった感じだ。

下手に俺たちが関わると内政干渉となってゾヌターク共和国政府を刺激するから、当然手は貸せないし、貸す理由もない。

「建国ともなれば、将来的にはヘルムート王国やアーカート神聖帝国とも対等な同盟を結びたいところ。よって、今日は無心にきたわけではないぞ」

「下手に援助を受けると借りになってしまいますし、ゾヌターク共和国側が警戒するでしょう。陛下、さすがのご慧眼にございます」

「うむ、これもライラの教育の成果よ。礼を言うぞ」

「勿体なきお言葉にございます」

宰相であるライラさんには、まともな判断力があるようであった。

幼いながら、魔王様もそこまで夢は見ていないようだ。

「でも、どうして今なの？」

ルイーゼは、今のこの時期に王国建国の宣言をした理由を尋ねる。

「魔族はこれまで一万年以上も外敵に侵されることもなく、一国で安定した統治を行ってきた。あまりの安定ぶりに、魔族の本能が衰えてしまったほどだ。だが、ここで人間の国家が二つも確認された。これからの魔族には大きな変化が訪れる。いい点も悪い点もあろうが、ゾヌターク共和国が正常な判断をする保証もない。よって、余たちは立つことにしたのだ！」

「国が二つあった方が、どちらかが生き残れるという現実的な理由もあります」

この魔王様、十歳にしてはしっかりした考えを述べるな。

女の子だから男よりも精神的に成長が早く、ませているのかもしれない。

宰相のライラさんも冷静だから、今の魔族は女性の方が圧倒的に優秀なのであろうか？

「魔族が人間に滅ぼされる？　そんなことがあるのか？」

エルが首を傾げるのも当然だ。

魔族は全員が魔法使いで、魔導技術でも人間側を圧倒している。

どう考えても、人間に滅ぼされるとは思えない。

むしろ逆を心配してしまうくらいだ。

「魔族はご覧のとおり少子化で人口が減っております。一方、人間は数が増えるばかり。リンガイア大陸の開発が終われば、他の島や大陸にも勢力を伸ばすでしょう。確かに魔族は魔導技術に優れておりますが、それも時間が経てば追い付かれるかもしれません。長期的な視野に立ち、今、女王陛下は立ち上がったのです」

「立ち上がったのだ」

胸を張りながら、堂々と宣言する魔王様。

だが残念ながら、まだ背と胸が足りなかった。

志は立派だと思うんだけどなぁ……。

「でも、そんな急に独立できるの？　共和国の防衛隊に鎮圧されて終わりじゃないの？」

まあ、普通に考えればイーナの言うような結末になるよな。

ゾヌターク共和国には問題も多いけど、分裂するほど混乱してはいないのだから。

「独立などまだ先の話だ。余が生きている間には不可能であろう。だが、その根拠地を整備することは可能！　まあ余たちの活躍を見ているがいい」

「陛下、そろそろ家に戻る時間です」

「うむ。学校の先生が、暗くなる前にお家に帰りなさいと言っていたからな」

「「「「「「「「あららっ！」」」」」」」」

今、国家の独立云々を言っていたような気がするんだが、学校の先生の言うことはよく聞く魔王様か。

なんというシュールな存在なんだ……。

「それではまた会おう！」

「失礼します」

言いたいことだけ言うと、二人は部屋を去っていった。

その手には、俺がお土産としてプレゼントした高級シュークリームと、エリーゼが気を利かせて包んでくれた森林マテ茶を持って。

魔王様たちを見送った俺たちは、彼女たちの発言の真意について考え込んでしまう。

「あなた、これは危ないお話なのでは？」

エリーゼが心配するのもわかる。

この国ではすでに力はないと思われている魔王様が、俺たちと会見した直後に共和国からの独立を図れば、俺とその後ろにいるヘルムート王国が魔族を分断させようと目論(もくろ)んでいる、そういう風に捉えられかねないからだ。

ところが、そんな心配を一笑に付す存在がいた。

新聞記者であるルミであった。

「心配いらないと思うっすけどね」

「おい、新聞記者。ここは、そういう陰謀があるって読者を煽(あお)るのが普通だろう？」

「うち、民権党の政治家の言いなり上司が多くて問題視されてるっすけど、これでも一応売り上げトップの新聞社っすから。イエロージャーナリズムじゃあるまいしって感じっすね」

「クォリティーペーパーだって言いたいのか？」

「それっすよ！　それ！　バウマイスター伯爵さん、自分は後輩たちと違って、真面目に就職活動したんすから」

「「俺たちも真面目にしたんだよ！　就職活動は！」」

ルミの言い分に、モールたちがムキになって反論した。

真剣に就職活動をして全滅か……。

俺なら心が折れるな。

前世では仕事は大変だったけど、ちゃんと就職できてよかった。

「第一、防衛隊がまったく警戒していないっす！　防衛隊はたまに不祥事で批判されるし、反軍思想の矢面に立ってある層に嫌われているっすけど、基本優秀な人が多いっすよ」

就職しようとすると、競争率はとても高いそうだ。

公務員で収入も待遇も安定しているだろうから、優秀な人が集まりやすいのであろう。

「とにかく、心配ないと言っておくっす」

「ならいいけど……」


そして翌朝、魔王と宰相による独立宣言の詳細が明らかになった。

ルミがエブリディジャーナルの朝刊を持参したのだ。

「出てたっす。この記事っす」

「どれどれ」

その記事は生活面にあった。

王政国家が独立する話なのに、なぜ生活面なのか。

この違和感はなんなのだ？

「ええと……『歴史あるゾヌタータ王国の女王陛下、新生ゾヌタータ王国の国王に就任』。肝心な記事の内容は……」

記事を読んでいくと、こういう風に記されている。

この魔族の住まう島は、現在四分の一ほどの領域しか魔族が住んでいない。

昔は四分の三ほどまで住んでいたが、徐々に人口が減って土地が放棄された。

無人となった土地は荒れ果て、自然に戻り、古い放棄地は魔物の領域に戻ってしまった場所もある。

これら放棄地を、職がない者や、待遇が悪い暗黒企業を抜け出した若者たちによって再生する活動が始まっている。

彼らは基本的に自給自足の生活を送り、生活に必要なインフラ設備も、放棄されたものを修理し再利用している。

彼らの主な収入源は生産した農作物の販売益などであり、その平均収入は総じて低いが、自給自足生活のおかげで困窮はしていない。

むしろ、精神的に豊かな生活を送っていると言えよう。

この挑戦が上手(うま)くいくのか？

注目していきたいところである。


「……」

この記事を読むと、俺には既視感しか感じられなかった。

これって、地球の国々でもあった活動だよな。

都会の人々が、廃村や耕作放棄地を利用して生活を始めるってやつ。

確か、農村再生運動とか、ロハスとか言ったかな？

「なるほど。ルミは、この活動に魔王様たちが参加しているのを知っていたから、安心だと」

「そりゃあ記者っすから、こういう活動があるのは知っているっすよ。でも、担当が生活部で自分は部外者なので詳細は今日知ったっす」

「ルミは、役人みたいなことを言うな」

「バウマイスター伯爵さん、魔族の社会を理解しすぎっす！」

いや、俺は魔族のことに詳しいのではなくて、ただ単に見知った国の社会現象に似ていただけなんだけど。

「これ、独立なのか？　俺にはただの農村再生運動に見えるけど……」

「さあ？　俺にはさっぱりわからん」

俺の問いにエルは首を傾げた。


新聞の記事を前にみんなで悩んでいると、そこに再び魔王様と宰相が姿を見せた。

「今日は略装で失礼するぞ」

「陛下は、今日は学校がありましたので」

今日の魔王様は、普通のワンピース姿であった。

そして、ランドセル……。

魔族の国の子供たちは、学校にランドセルを背負って行くようだ。

略装というか普段着だと思うが……まあ、可愛いからいいか。

「これが独立運動ですか？」

イーナが、二人に新聞の記事を見せた。

「然り！　共和国の連中が放棄した土地に、職がなかったり、今の生活に不満がある者たちを集めて集団を形成する。千里の道も一歩から！　こうやって臣民を増やし、最終的には王国の独立を目指すのだ！」

臣民というよりも、組合員や団員と呼ぶ方が適切かもしれない。

王国を名乗っているが、これもどちらかというと非営利団体や会社に近かった。

多分、書類を受け付けた役人も、そんな風に捉えたのであろう。

そうでなければ、防衛隊の監視がつくはずだからだ。

「陛下は、この活動を行う非営利団体の会長に就任しております。私はこれまで掛け持ちしていたアルバイトを辞め、副会長兼会計役に専念することになったのです。陛下は休日以外は学校がある身。普段は私がこの団体を取り纏める予定です」

放棄地の各所にある農村を取り纏める非営利団体ねぇ……。

共和国政府が無価値だと思っている土地で、魔王様と宰相が無職の若者を集めて自立の道を模索している。

生活保護を受けなくなる者が増え、わずかではあっても税金も納めてくれれば、それをわざわざ妨害するのは不利益でしかない。

そもそも、魔王様たちが武装しているとも思えない。

どうりで防衛隊がなにも言わないわけだ。

魔王様たちと共和国政府は対立すらしていないのだから。

「だが、それが甘い。余の生存中は難しいであろうが、子や孫の世代には我らの組織は大きく拡大していよう。武力闘争に頼ることなく、穏便に分離独立が可能なはずだ」

「さすがは陛下。非常にクレバーな作戦です」

「なんの、ライラの献策のおかげではないか」

それは独立するというよりも、ただ単に組織が拡大するだけのような……。

非営利団体側も、そのための神輿（みこし）として魔王様を担いだのであろうし……。

幼女魔王様なら軽い神輿で、お上に警戒感を与えない。

それに庶民って、実は王様とか女王様が好きだからな。

独裁でもされて迷惑を蒙（こうむ）らない限り、この幼い魔王様を微笑（ほほえ）ましく見ているだけであろう。

なにより、魔王様は美少女だからな。

「陛下、そろそろ学校のお時間です」

「もうそんな時間か。余も皆に愛される魔王となるべく、よく勉強して努力せねばなるまい」

魔王様は、ライラさんを伴い学校へと向かった。

学校は休まないで、ちゃんと勉強しているようだ。

「ちゃんと勉強しても、職に就けない俺たちみたいなのもいるけどね」

モール、俺はそんな夢も希望もない話は聞きたくないぞ。

「本当、現実は残酷」

「「「ヴィルマちゃん！　酷（ひど）いよぉ――――！」」」

「この方たち、実はなにか大きな問題があるのでは？」

「「「カタリーナさんも酷い！」」」

モールたちは、これでも頭はいいし、スペックもかなり高いはずだ。

やっぱり運が悪いんだろうな。

「あなた、問題にならなくてよかったですね」

「そうだな」


そして放課後の時間になると、再び魔王様は姿を見せた。

とても気に入ったようで、エリーゼが淹れる森林マテ茶を飲み、今日は別の高級洋菓子店で購入したケーキを食べながら宿題をしている。

というかこの魔王様、なぜか俺たちの部屋に通うようになってしまったな。

フリードリヒたちがいるから、勉強には向かないと思うんだけど。

「バウマイスター伯爵の赤ん坊たちは可愛いな。子は国の宝だからな。次は、分数の割り算か……」

魔王様は、宿題である計算ドリルを解きながら眠っている赤ん坊たちを時おり見ていた。

「余も、大人になったらよき後継者を産まねばな。問題なのはお見合い相手がいるかだが……」

「恋愛結婚すればいいじゃないですか。政略結婚なんて今どき流行りませんよ」

「なにを言うかと思えば……我ら高貴な身分の者たちは、お家やお国のために結婚するのだ。恋愛結婚も結構だが、アーネスト教授を含む四名は結婚すらしておらぬではないか」

「陛下、言うことがキッツいわぁ――――」

モールたちは魔王様から独り者である事実を指摘され、揃って凹んでいた。

「我が輩は、研究が恋人であり妻なのであるな」

勿論、アーネストだけは気にもしていなかったが。

「確かに、貴族や王族の結婚にはそれが一番求められると思います。ですが、素晴らしい旦那様と出会える可能性もありますから」

「エリーゼは、よき旦那と出会えたわけか？」

「はい」

面と向かって言われると恥ずかしいけど、エリーゼにそう思われると嬉しいな。

「余にも、白馬の王子様が現れる可能性があるわけだな。少しは期待しておくか。ところで、バウマイスター伯爵。この計算がわからん」

魔王様は、学校の宿題である計算ドリルを俺に見せた。

どうやら、魔王様だからといって権力を用いて宿題をサボるという選択肢は存在しないようだ。

「分数の割り算か……」

魔王様が授業中にやったと思われる問題の解答には、すべて×がついていた。

なぜなら、割り算なのに分数の分子と分母をひっくり返さないで計算していたからだ。

これでは、分数の掛け算と変わりがない。

「二分の一÷三分の二は、四分の三だ」

学業から離れて大分経つが、小学校でやる分数の割り算くらいならそう忘れてもいなかった。

ていた。


「バウマイスター伯爵、なぜ分数の割り算は分子と分母をひっくり返してから掛けるのだ？」

「それは、そっちにインテリが沢山いるから彼らに聞いてください」

アーネストは有名大学の元教授で、学歴はこの国の最高学府の院まで出ている。

モールたちも、実はこの国で五本の指に入る大学を出ており、宰相のライラさんもいい大学を出ていた。

日本の二流大学出の俺に聞くよりも確実というわけだ。

「ヴェル、凄いね！」

小学生の算数の問題が解けただけなのに、なぜか俺はルイーゼからえらく尊敬されてしまった。

リンガイア大陸で生活するには、文字の読み書き、簡単な四則計算ができれば十分だからか。

分数の割り算とかは、アカデミーに行かないなら必要ないと思う。

あそこは、エリーゼですら引くくらいの学者バカが集まっているのだから。

ちなみに俺は、アカデミーに行ったことはなかった。

だって、話が合わなそうだから。

「まあ、簡単な問題くらいはね……」

ここで下手に調子に乗ると、もっと難しい問題を聞かれて自滅する可能性がある。

みんなほどよくお勉強している魔族たちに押しつけるのが一番だ。

「我が輩、専門は考古学なのであるな」

「俺も文系だから」

「俺も！」

「算数は意外と難しいんだよ。数学ならなぁ……」

ところが、アーネストとモールたちは俺の期待に応えられなかった。

分数の割り算くらいはできると思うが、なぜ計算する時に分子と分母をひっくり返すかの説明ができないのであろう。

「お前ら、ここで役に立たないでどうするんだよ！」

「バウマイスター伯爵、心外であるな。我が輩、遺跡発掘では役に立っているのであるな」

そう言われると、アーネストは大きく貢献してはいるか。

遺跡発掘以外では色々と問題ありだけど。

「じゃあ、モールたちは？」

「俺たちの仕事は、この国に滞在するバウマイスター伯爵たちの補佐であって、分数の割り算の理論を説明することじゃないし……」

「そうそう」

「俺、文系」

モールたちも駄目なので、ここは宰相家の血を引く才女ライラさんに説明をお願いすることにした。

「分数の割り算ですか……」

「はい。なぜ分子と分母をひっくり返すかです」

「それは、学校の先生にお聞きになってください。かの者は、そのために存在しているのですから。陛下は、仕える家臣たちの特性を理解し、得意な分野で用いることが肝要ですので。ところで陛下、明日からのご視察ですが……」

誤魔化したぁ――――！

ライラさん、自分もわからないものだから、話題をすり替えて魔王様からの質問に答えなかった。

それにしても、上手いかわし方である。

「視察か。楽しみだな」

「はい、どの村の臣民たちも、陛下の来訪を心待ちにしております」

「うむ。余の大切な臣民たちじゃな」

ただの農村再生運動の神輿にされているような気もしなくもないが、下手に革命だとか言わないだけマシか。

そんなことをしても、まず防衛隊相手に勝ち目がないからな。

ライラさんは、現実主義者というわけだ。

「バウマイスター伯爵、一緒に来ぬか？」

「そうだなぁ……」

今日現在まで、肝心の交渉はまったく進んでおらず、このゾヌターク共和国で俺たちのことが話題になる頻度が大幅に減った。

なんでも有名な歌手が結婚するとかで、そちらの方が話題になっていたのだ。

俺たちは歌手よりも下の扱いのようで、新聞ですらテラハレス諸島で交渉を続けている両国の交渉団のことなどほとんど記事にしていない。

ルミからのリークによると、洒落にならないくらい交渉が進んでいないらしく、それが民権党の支持率下落に繋がると、政府から新聞社にあまり報道するなと圧力がかかっているそうだ。

「おい、民主主義！」

「バウマイスター伯爵さんにそう言われると耳が痛いっす！　民権党には新聞記者出身が多いんすよ。元上役から書くなと言われると厳しいんす。ほんのちょっと政治欄に記事が出ているのは、若手の精一杯の反抗なんです！」

酷い話だが、そういう事情もあって俺たちは暇であった。

よって、農村に遊びに行くのもいいであろう。

「問題は、防衛隊が認めてくれるかだな」

これが唯一の懸念であったが、防衛隊はあっさりと認めてくれた。

「ああ、例の農村再生運動ですね。いいですよ。監視対象になりそうな連中がいない分、護衛も楽ですから」

「えっ？　いないの？」

「ほら、この運動は魔王様がお飾りとはいえトップでしょう？　王様や貴族が大嫌いな人たちは近寄りませんよ。相性が悪いのだから当然です」

確かにその手の運動家たちは、貴族なんて大嫌いな人種が多いからな。

魔王様がトップの時点で近寄らないか。

無事に許可も出たので、翌日から俺たちはゾヌターク共和国内の地方をあちらこちら巡ることにするのであった。

＊　＊　＊

翌日の五の日。

五の日とは、前世で言うと曜日みたいなものだ。

一の日から七の日まであり、五の日から七の日までは学校がお休みのようだ。

学校は週休三日なのか……羨ましい……。

「随分とお休みが多いのね」

イーナだけじゃなく、俺たち人間はみんなそう思っていた。

ローデリヒなんて、よほど特別なことでもない限り、俺に週一度しか休みをくれないのだから。

「急いでカリキュラムを達成しても、上が詰まっているからさ」

モールの説明によると、これも教育期間を延ばす苦肉の策らしい。

早く教育を終えても、就職先が少ないから無職が増えてしまう。

無職が多いと政府への批判が強まるので、休みを増やして教育期間を延ばしたというわけか。

無職じゃなくて学生だよという、方便に使われているわけだ。

「先延ばしとも言うのであるな」

「アーネスト、それはぶっちゃけすぎ」

自分には職があるからって、その言い方は酷いと思った。

「バウマイスター伯爵殿、到着しました」

その村には古い港があると聞いていたので、俺たちは自家用の小型魔導飛行船で過疎地に移動していた。

もう一隻、防衛隊の小型船も同行している。

すぐに注目されなくなった俺たちだが、一応国賓であるので、その護衛のためであった。

「陛下、ようこそお越しくださいました」

魔王様と一緒に村に到着すると、百名ほどの若者たちが出迎えてくれた。

見た目はみんな二十前後に見えるが、魔族はなかなか年を取らないので本当の年齢はわからない。

だが、みんな百歳にはなっていないはずだ。

「皆の者、今日はわざわざの出迎え感謝する。村も活気が出てきて余は嬉しく思うぞ」

「みんな、やる気を出していますからね」

「陛下、農業って楽しいですね」

「なかなか作物が育たなくて落ち込む時もありますが、収穫したものを手に持った時の重みでそれも吹き飛びます」

「陛下、自分は鶏を飼い始めたのです。ようやく卵を産んでくれるようになりました。前職の、年寄りに高価な羽毛布団を売りつける仕事よりも充実していますよ」

若者がなかなか就職できない社会ってのは深刻なんだと思った。

それでも、農村で暮らすことに生きがいを感じ始めたのだから、たとえお飾りでも魔王様はみんなのお役に立てているのだな。

「今日はお客さんも多いのですね」

「うむ。遥(はる)か東、リンガイア大陸にあるヘルムート王国より、バウマイスター伯爵殿とその家族が来てくれた。余の客人である」

「それでは歓迎しないといけませんね。芋の収穫時期になったので、今日は芋掘りをしようと思うのです」

「芋掘りか！　楽しみだな！」

いくら魔王様とはいえ、やはり年相応の子供だ。

村の代表から芋掘りができると聞くとはしゃいでいた。

「芋掘り？　楽しそうだな」

勿論、俺も楽しみにしている。

というか、あの、なにもないホテルで待機する生活にうんざりしていた。

政府の対応が適当すぎて、俺たちはなんのためにここにいるのだという気持ちになってきてしまうからだ。

「芋ならフリードリヒたちに離乳食を作れるかな？」

「いいわね、それ」

「ボクたちも芋料理が食べられるね」

「ただ、収穫したばかりの芋は甘くないので今日採ったものは貯蔵し、みなさんに提供するのは数週間前に掘った芋ですけど」

申し訳なさそうに言う若い魔族の青年。

そういえば、サツマイモは数週間寝かせないと甘くならないのだった。

「残念、ちょっと風情がない」

「しかしだ、ヴィルマ！　俺は魔法でそれを可能にする！」

魔法で、魔物の肉やマグロを熟成すらできる俺だ。

芋の熟成くらいわけがなかった。

「相変わらず、凄いのか凄くないのかよくわからないな、ヴェルは」

「いえ、私たちには使えない凄い魔法ですよ」

「魔族なのに？」

芋を熟成させる魔法が使えないという魔族たちに対し、エルは首を傾げていたが、魔力はあっても魔法を練習していなければ結局はそうなる。

モールたちを見ればすぐにわかることだ。

「自分で掘ったお芋を食べられる方がいいわね」

「イーナちゃんの言うとおり。気合入れて掘るよ！」

イーナとルイーゼも乗り気となり、フリードリヒたちを船内のメイドたちに預けて、みんなで芋掘りに参加した。

俺も魔法など使わず、自力で芋を掘っていく。

「あれ？　小さい？」

「旦那の掘る芋は小さいのばかりだな」

気合を入れて芋のツルを引っこ抜いたが、ついている芋はすべて小さかった。

それを見たカチヤが笑って言う。

「言うほど、カチヤの芋も大きくないじゃないか」

「あれ？　芋はうちの実家の得意技なんだけどなぁ……」

確かにサツマイモに似ているけど、マロ芋とは違うんじゃないのか？

「合成肥料を用いておらぬから、大きさもまばらなのだ」

合成肥料？

化学肥料みたいなものか。

魔王様の言いたいことはわかる。

ようするにこの村で行われている農業は、前世でいうところの有機無農薬栽培なのであろう。

「農作物規格には合わぬから、通常の流通路にはのせられぬ。だが、この運動の支援者たちが購入してくれて評判もいいぞ」

ますます、どこかで聞いたことのあるような運動だな。

農業を古い方法に戻し、そこで採れる農作物を支援者に販売して経費を捻出するわけか。

有機無農薬野菜ファームとか、そんな名前をつけたくなる。

「旦那、合成肥料ってなんだ？」

「魔導技術を用いた肥料だよね？」

「作物の成長に必要な成分だけを抽出した、工場で生産される肥料だと学校で習ったぞ」

魔王様が俺の問いに答えてくれた。

芋掘りに夢中で鼻の頭に土がついているが、これもご愛敬（あいきょう）。

しっかりはしているが、年相応の子供なんだよな。

「陛下、お鼻に土が」

「うむ、大儀である」

それに気がついたライラさんが、ハンカチで土を拭った。

こうしているのを見ると、君臣の関係というよりは母娘に見えてしまう。

「へえ。それがあれば兄貴のマロ芋作りももっと楽になるのかな？」

「わからない。第一、交易に関する交渉が纏まらないと輸入も困難だろう」

「あいつら、あんな誰もいない島で毎日よく無駄な話し合いができるよな。旦那もそう思うだろう？」

無駄かどうかはわからないが、話し合いがまったく進んでいないのは事実だからな。

カチヤの言い分もわからなくもない。

「兄貴も、肥料作りが大変そうだからな」

そういえば、ファイトさんは自然肥料だけでマロ芋を育てているのだった。

もし合成肥料を輸入したら、もっと楽に大量のマロ芋が作れるのか？

「合成肥料も一長一短がありますからね。画一的に大量の作物を作るには便利ですけど」

ようは使い様で、ケースバイケースで自然肥料と使い分けることが重要だと、村の代表を務める青年が教えてくれた。

この青年は、とある大農場の子供だが実家の大農場に就職せず、この運動に賛同して参加者たちに技術指導をしている。

魔王様は、未来の農業大臣候補だと勝手に言っていた。

「うちの場合、合成肥料の購入費もバカにならないから自然肥料を使っているのですがね」

金をかけずに生活するための運動だから、肥料代で苦労したら意味がないか。

農薬の類も同じで、肥料と農薬の会社ばかり儲かって農家が困窮しては意味がないのであろう。

「自然肥料だけでも、ちゃんとやれば美味しい作物は採れますしね。害虫に使う忌避剤も自作ですし。除草剤も使わずに草取りで。収穫した作物は大きさや形がいいものを支援者に送り、残りを自分たちで食べる。これで十分です」

「ヴェル、これは大きいわよ」

「へへん、ボクの方が大きいよ」

「こうして童心に返るのも、時にはよいものである！」

「娘を連れてくれれば喜んだかな？」

「たまには土にまみれるのも悪くないのであるな」

若者から、約三名いるおっさんまで、みんなそれぞれに芋掘りを楽しんだ。

通常の収穫作業も兼ねていたので、村の芋畑にあるすべての芋は村民たちにより無事収穫された。

「これで子供たちに離乳食を作るか」

自然農法で作った芋なので、赤ん坊には最適かもしれない。

「ヴィルマ、フリードリヒたちはまだ歯がないから、なるべく柔らかくしてな。ペースト状に伸ばすんだ」

「ヴェル様、詳しい」

前世で、離乳食を扱ったこともあったからな。

なぜか少子化の時代に大手商社を真似して販売に関わり、見事に失敗した。

俺は『離乳食ってこういう風に作るんだ』って感じで勉強になったが、責任者の課長は、あまり聞きなれない国の支社に飛ばされてしまって可哀想だったな。

奥さんから、『その国は治安も悪いと聞くから、子供たちの安全を考えて単身赴任して』と言われたそうで、送別会で涙目だったけど。

「赤ん坊にあまり濃い味はよくないから、素材の甘さを生かす方向で。おっと、ハチミツは使うなよ」

乳児ボツリヌス症になる可能性があるから、腸内環境の整っていない一歳以下の赤ん坊はハチミツを避けるべきだ。

「ヴェル、相変わらず妙なことに詳しいんだね……」

「勉強したんだ」

前世で、だけど。

大した知識でもないけど、この世界だと凄いと思われるものは意外と多い。

「バウマイスター伯爵は、この国の人間のようだな」

驚くほど似ている部分が多いからな。

「エリーゼ、裏ごしした方がいいと思うが」

「そうですね。味付けはこのままでいいと思います」

「十分に甘いですからね」

エリーゼ、テレーゼ、リサたちが離乳食を仕上げ、それをフリードリヒたちに少しずつあげていく。

「だぁ――――」

「そうか、美味いか。よかったな、レオン」

「エルさん、美味しそうに食べますね」

エルとハルカも、夫婦でレオンに離乳食を与えていた。

「子供が多いのは羨ましいな。我らには子供がいない」

魔王様自身が子供だと思うのだが、彼女を除くと確かにこの村に子供はいなかった。

「国にとって子は宝だと思うのだが、我らの運動に賛同して参加した者たちの大半は元無職。ほとんどが未婚で、当然子供がいるはずもない。建国計画は前途多難だな」

「それでも、ここで出会って結婚した者たちもいます。お腹に子供がいる者も数名いるので、そう悲観したものでもありません」

魔王様はともかく、ライラさんは状況をそう悲観していないようだ。

「でも、学校はどうするんだ？」

ここは、魔族が住んでいる町から大分離れている。

元々廃村になったところを再利用しているため、近くに子供を通わせる学校がなかった。

魔王様自身が、お休みにならないと視察に来られないくらいなのだから。

「国を作るためには、子供たちへの教育は必要だろうからなぁ」

「教師を引退した者や、この中にも教員資格を持っている者が複数いる。なんとか、義務教育を行う学校を作りたいのだ。幸いと言っていいと思うが、元々学校だった建物もあるからな」

「許可は出るのかな？」

俺が一番心配したのはその点だ。

ここが日本に類似した国だとすれば、新しい学校を作るのに恐らくたくさんの書類を出さなければいけないだろう。

ライラさんが主となって役所と交渉するのであろうが、その道は遠く険しいはず。

「確かに、必要な書類や条件が多すぎて困難です」

せっかく子供が生まれても、その子を学校に通わせるためにこの村を離れなければいけないのでは本末転倒になってしまう。

今お腹にいる子供たちが通える学校が建設できなければ、村の規模拡大は難しいであろう。

「もう一つ、医療をどうする？」

「治癒魔法があるではないですか」

「それがさ、この国は医者の資格がないと治癒魔法は禁止なんだって」

「本当ですか？」

「それが驚いたことに事実なんだ」

エリーゼのみならず俺もビックリしたのだが、今の魔族の国では無資格者が治癒魔法を使うと、最悪投獄される危険があるらしい。

「そんなバカなことがあるのか？」

テレーゼからすれば、使うと便利な治癒魔法の使用に制限をかけてしまう魔族の国というのが信じられないようだ。

「理由を聞くとバカらしいけど……」

魔族の国は、豊かになるために魔導技術を高めに高めた。

その結果、今のこの国の繁栄は、非常に燃費のいい魔道具の普及によって支えられている。

生まれつき魔力量が多い魔族は、無理に鍛錬をして魔力量を上げる必要がない。

むしろ便利な魔法など使われたら、量産された魔道具が売れない。

売れないと、国が不況に陥ってしまう。

そこで、かなり厳しい魔道具と魔法の使用規定が存在していた。

たとえば、食料を長期間そのままで保存できる魔法の袋の使用禁止だ。

他にも、先に述べた医師としての資格がない者の治癒魔法の禁止、これは『医療について素人なのに、治癒魔法で治療を施した結果、なにかあったらお前は責任を取れるのか？』という理由だそうだ。

こう言われてしまうと、確かに困ってしまうな。

攻撃魔法の類も、練習する者はあまりいないそうだ。

防衛隊の面々も、肉体的な訓練と支給されている武器の使い方――これは魔力を送り込めば使えるから本人が魔法を使う必要がない――あとは、地球での先進国のような警察や軍隊に類する訓練を行っているらしい。

たとえばテロリストが現れた時――仕事を寄越せというデモくらいらしいが――防衛隊が攻撃魔法で彼らを鎮圧して死傷者が出ると、マスコミや人権団体に非難されてしまう。

死者が出ない程度の電撃系の魔法というのは加減が難しく、普段魔法を訓練していない魔族には使える者がほとんどいないのだ。

だが、魔力を流せば適量の電流が出る麻酔銃のような装備はある。

これを使えば楽なのだから、無理に魔法を使う者は少ないというわけだ。

「せっかく素質があるのに勿体ないの」

「町中で魔法なんて使うと、職務質問されますからね」

モールがテレーゼに説明する。

魔道具の使用なら問題ないが、魔法を使うと非難されるのだ。

『いきなり攻撃魔法を放たれ、怪我人が出たらどうするのだ』という警戒感から、魔族は人が多い場所では絶対に魔法を使わない。

魔道具の場合は、魔力を送り込んだ時の効果が、見ればわかるようになっている。

だから、みんな魔道具を使うのに必要な魔力があればいいと思っているわけだ。

「この村では、一部魔法を使っています。なにぶん長年放置されていたインフラが多く、修理できないものは魔法で補うしかありません」

魔法に関する資料は大量に残っているので、それを参考にして重いものを運んだり、畑を耕したり、道を整備したりしているそうだ。

「昔に戻ったというわけじゃな」

「お金がありませんので、自分でできることは自分でするというのが、この村の決まりです。幸いにして薬剤師の資格を持つ者がおり、この近辺には薬草の類も生えております」

魔法薬を生産し、それで怪我や病気に備えるというわけか。

「医師の資格を持つ治癒魔法使いの方がこの村に興味を持っているので、治癒魔法の件はじきに解決すると思います」

魔王様を村長とした村は、着々と出来上がっているわけか。

「難しい話はそれくらいにして、余はお腹が減ったぞ」

「俺もお腹が減ったな」

収穫した芋を使ったベビーフードも完成し、フリードリヒたちはそれを美味しそうに食べていた。

これからは、徐々に離乳食の割合を増やしていけばいいであろう。

「他の料理も完成しました」

エリーゼたちも手伝い、天ぷら、大学イモ、キントンなども完成し、村人たちと一緒に食べ始める。

自分で収穫した作物を調理して食べると美味しいものだ。

気のせいかもしれないけど、味覚は舌だけで感じるものじゃないからな。

「見よ、バウマイスター伯爵殿。我が臣民候補たちは楽しそうではないか」

若い村人たちが、収穫した作物を一緒に調理して美味しそうに食べている。

それぞれに持ち寄った料理、酒、お菓子などもあり、まるで収穫祭のようであった。

「職がない、結婚できない、そんな者たちでこの村に興味があれば、余は何人でも受け入れるぞ。

そして時がくれば、ゾヌターク王国復活も十分にあり得る」

「陛下、その準備も着々と進行中です。この村の作物を卸す店舗も決まりました。生産者の名前と顔をお客様に知らせ、少し高くても安心して購入していただく仕組みです」

「おおっ！　素晴らしい手ではないか！」

なんだろう。

その手法、凄く見たことあるんですけど……。

「他にもいくつかの廃村を再生させ、その中から首都に一番近い村に産品を集め、定期的に市を開きます。作物を材料に使った特産品も開発しましょう。これを販売する市を『道の市』と命名しました」

「いいアイデアだな！　さすがはライラだ」

「お褒めにあずかり光栄です」

「……」

あの……ライラさん。

それって、日本の農村だと当たり前のように存在しています。

だからなにって言われると困るし、口には出さないけど……。

「このまま順調に規模を拡大させれば、必ずやゾヌターク王国の復活が成るでしょう」

「おおっ！　まさに王国復活千年の計というやつじゃな！」

「ねえ、ヴェル」

「本当に王国が復活できるかもしれないし、本人たちが喜んでるんだ。気にしない方がいいよ」

「水を差すのは悪いかもしれないわね」

イーナがなにか言いたそうに見えたが、俺はそれをやんわりと止めたのであった。

「とはいえ、まったく困ったことがないわけではありません。見てください」

「なるほど。野生の獣による食害かぁ……」

順調そうに見えるゾヌターク王国復活計画——農村再生計画の方が正しいか——であったが、まったく悩みがないわけではなかった。

芋を食べたあとに案内された葉物野菜の畑に植わった作物が、無残にも食い荒らされていたからだ。

「この土地は放棄されてまだ百年ほどなので、魔物の領域に沈んでおらぬが、野生動物が多いから食害が激しくてな。ネットなどを張っておるが、効果はイマイチなのだ」

「食害ですと、間引くしかありませんね」

「間引く……動物を殺すのか？　それは可哀想な気がするな」

この子、魔王様なんだけどなぁ……。

畑を荒らしに来た野生動物を駆除するのが可哀想って……俺の中の魔王様像が音を立てて崩れていくようだ。

「そうだよなぁ……動物でも殺すのは可哀想というか……」

「なんとか追い払うだけで済ませられないかな？」

「野生動物が寄ってこないような忌避剤とか、有刺鉄線を張るという案も出ています」

「野生動物が触れると、雷の魔法で痺れさせるロープがホームセンターで売っています。魔力は自分で補充できるから、それでいいような気もします」

「そのロープは前に試しに張ってみたが、威力が低くて切られてしまったんだ。どうしたものですかね」

魔王様の臣民候補の若者たちも、魔王様と同じようなものであった。

現代人に近いものだから、野生動物を殺すのに躊躇いがあるのであろう。

魔族なんだけどなぁ……。

じゃあ、普段口にしている家畜の肉はどうなんだって話なんだが……この辺も地球と状況がよく似ている。

「一度美味しい農作物の味を覚えた野生動物は、いくら追い払ってもまたやってくる。食害を防ぐには駆除するしかない」

ここでヴィルマが自分の意見を述べた。

「ですが、この土地は我々が自分の都合で再び占拠して生活を始めました。その結果、追い出された野生動物たちが可哀想な気が……」

「それなら、ここに住まなければいい。町にいても生活できるのだから。自分の我を通すためには、時に自分勝手になることも必要」

「「「「……」」」」

ヴィルマの正論で、魔族たちは黙り込んでしまった。

彼らは町に居続けても飢え死にするわけではないが、ただ生かされているような生活が嫌で、なにか仕事がしたくてこんな不便な場所に移住した。

自分たちの居場所を守るために野生動物の駆除が必要なら、それを躊躇ってはいられないはずなのだ。

「ヴィルマさんの仰るとおりです。我々は、ただ町で生活保護を受けて食料を貰って生きているだけの生活が嫌で、ここに来たのでした」

「ようやく得た自分たちの居場所なのです」

「ここを守るために、野生動物くらい狩れないと駄目ですね」

「ようし、頑張ろう！」

害獣駆除をするかしないかで揉める魔族……地球の人たちがこの話を聞いたら、誰も信じてくれないだろうなぁ……。

創作物の魔族って、かなり残虐なイメージがあるから。

「ヴェル様？」

「ああ、教えてあげた方がいいのか」

「カタリーナも、カチヤも」

「そうですわね……この方々、私が過去に読んだ古い資料の魔族とは全然違いますわね……」

「でも魔力は多いんだよなぁ……」

そのあとは、釣りガール、狩猟ガール（死語）の異名を持つヴィルマを中心に、カタリーナ、カチヤ、そしてリサも慣れているので、魔族たちに害獣の倒し方や、罠の張り方などを教えていた。

「罠なんて張れたんだ、ヴィルマは」

「張れるけど、あまり効率はよくない」

「そうなんだ」

「自分で待ち伏せして倒した方が早くて成果も多いけど、害獣が畑に入ってこられないようにするのが主目的で、沢山獲る必要はないから」

「なるほど。罠猟ってそんなに獲れないんだ」

日本だと、罠猟の免許を取る若い人が増えていると聞いたことがあったから、もっと獲れるものだと思っていた。

俺の場合、罠を張る時間があったら魔法で飛んで獲物を探した方が早いからなぁ……。

罠なんて使ったことがないのだ。

「幸い、罠は倉庫にあった」

「ああ、放棄される前の住民が倉庫に置いていったようです。よく無事に残っていたものですよ」

罠は、箱罠という檻(おり)状のものであった。

檻の中に餌を置き、ここに害獣が入ると入り口が閉じて捕らえる仕組みであった。

前世のテレビで見たことがある。

「これは……くくり罠かな？　こっちはトラバサミ」

「ヴェル様、詳しい」

前世の映像を見たことがあるだけだけど。

「これは使わないのかな？」

「人がかかると大変だから」

それもそうか。

畑の近くに仕掛けるのだから、怪我人が出てしまうかもしれない。

罠を仕掛けるには、そういう配慮も必要だよな。

「ヴィルマさん、この箱罠はどこに仕掛ければいいのでしょうか？」

「こっち」

その土地のどこに箱罠を仕掛ければいいのか。

俺たちにはさっぱりわからなかったが、ヴィルマはテキパキと箱罠を置く場所を指示し、魔族の若者たちが現場まで運んで設置する。

廃屋となっていた古い倉庫に入っていた箱罠であったが、壊れてはおらず、魔族の技術力の高さが理解できた。

「餌は、農作物でいいと思う」

「ヴィルマさん、獲れますかね？」

「最初は獲れる。獲物がスレていないから」

最初は危機感が薄いと思うので、畑の作物目当てに集まってくる多くの害獣たちが獲れるであろう。

「明日のお楽しみ」

害獣たちは夜に畑の作物を食い荒らしていたから、罠を設置してからひと晩待つことになった。

俺たちも船に戻って宿泊し、翌朝箱罠の様子を見に行くと、数匹の猪（いのしし）や鹿がかかっていた。

大きさとか、毛色や模様とかが地球のものと大分違うのは、バウマイスター伯爵領の未開地と同じようだ。

そしてかなり獰猛（どうもう）であり、特に大きな猪は檻に突進を続けて鼻が血まみれになっていた。

「凶暴だな。そして大きいのぉ……」

「あの……陛下はなにをしていらっしゃるのです？」

「学校でな。定期的に自由研究の課題が出るので、今回の件を日記に認(したた)めておるのだ。幸い、ルミがあとで写真を分けてくれるそうだから」

「バウマイスター伯爵さんと魔王さんには取材に協力してもらっていますからね。それに、自由研究としてはいい題材じゃないっすか」

魔王様は、ノートに箱罠猟の様子を日記風に書いていた。

絵は、あとでルミから貰った写真を元に描くそうだ。

絵日記なんだ……。

別に写真添付でもいいと思うけど……。

「で、捕らえた獲物はどうするのだ？」

「当然、締めて、血抜きして、食べる」

「やはり殺すのか？　可哀想ではないか」

「「「「「「「えっ？」」」」」」」

魔王様のこの一言に、俺たち人間はただ驚くしかなかった。

これまでイメージしていた魔王像が、またも音を立てて崩れていったからだ。

「昨日考えたのだが、どこか遠くに放てばいいと思う。そうすれば、もうここにはやってこないではないか」

魔族って、本当に現代人と感覚が近いんだな。

捕らえた動物は、自然に返せばいいという判断をするのだから。

前世のテレビニュースで、捕らえた熊を自然に返しました、というのを見たことがあるな。

それと同じようなものであろう。

「それは駄目。被害が減らないから」

ところがヴィルマは、捕らえた猪や鹿を自然に戻すことに大反対であった。

「どうして駄目なのだ？」

「この猪や鹿は、もう農作物の味を覚えてしまったから。ここに来れば、美味しい農作物が食べられるから、自然で得られる餌よりもこちらを優先する。よほど遠くに放さなければ、また戻ってきてしまう。もしこの猪や鹿が戻ってこなくても、他の動物たちが、ここの畑の農作物を食べるようになるはず。可哀想だけど、定期的に駆除するしかない」

「ヴィルマの意見は正論だと思う」

動物たちの住処(すみか)を奪ってしまった罪悪感もあり、魔王様たちは捕らえた動物たちの殺処分に反対なのだと思うが、この地で農業を始めた以上、これからもそれらを狙った動物たちは押し寄せてくるであろう。

定期的に間引いて農作物への被害を減らすか、それとも被害を容認するか……。

容認すれば収穫できなくなるから、この村からの撤退も視野に入れなければならないだろう。

「撤退は論外だ。せっかく我らは、この地に生活の基盤を築くことに成功したのだから。しかし、動物たちに対しても慈悲の心は必要であろう。それが王者の徳というものだ」

「そうかな？」

「バウマイスター伯爵は、陛下のお言葉に異論でも？」

魔王様に異論を唱えた俺に対し、ライラさんの声色が低くなった。

忠誠心が高いのはいいけど、彼女はまだ幼いのだ。

間違ったことを言ったら、それを正す必要はあると思うのだ。

「陛下は、どうしてこの地でわざわざ農村を復活させたのですか？」

「それは、昔のように活気のある魔族の王国を復活させるためだ。生きてはいけるが、職がない、結婚できない、子供が生まれない魔族の将来を憂いてである」

「陛下、ご立派でございます」

「その目標のためなら、陛下たちは自分たちの我を通さなければいけないと思います。農作物を荒らす害獣たちに対してもです」

そうでなくても、魔族という種族は生活の心配だけはないのだから。

わざわざここで農作物を作らなくても、町に住んでいれば生きていくのに最低限必要なものはすべて支給される。

わざわざ廃村を復活させ、農業をする必要はないのだから。

リンガイア大陸の住民たちが知れば、魔族の国は天国だと思う人も少なくないはずだ。

それでも魔王様たちは、自らの意思でここに生活の拠点を移した。

「独立独歩を保つためには、自分の生存圏を侵すものは自分で排除しなければ、それを保てないと思います。動物が可哀想だと思うのなら、町に戻ってまた元の生活に戻ればいいのです」

ただ毎日生きていくのが嫌でここに来て農村生活を始めた以上、その生活を守るためには、残酷でも害獣は駆除しなければならないと、俺は思うのだ。

「腹は満たせても、心は満たせないからこそ、ここにいるみんなは集まったはず。その生活を守るための努力ができないのなら、町に戻ってまた生活保護の生活に戻ればいいと思う。どちらを選択しても、それは批判されることではないのだから」

「ヴェルの言うとおりだな。俺の実家の領地では、害獣を駆除しなければ収穫に響いて食料が不足してしまうのさ。それで困る人も出てくる。別に動物を殺すのが好きでやっているわけではなく、生きるためにやっているんだ」

「そうである！　冒険者が魔物を狩るのも同じなのである！　人は他の生き物を殺さねば生きていけぬゆえ！」

「そうですね。可哀想とは思いますが、ならば余計な殺生をせず、駆除した害獣は無駄なく頂くのがよろしいと思います」

エル、導師、エリーゼも、魔族たちの考えに否定的な見解を述べた。

リンガイア大陸の住民たちからすれば、魔族は甘えているようにしか見えないのだから。

「駆除が嫌なら、ここを廃村のままにしておけばよかった」

「……いや、我らはもう、町で物資と食料とわずかな金銭を貰ってただ生きるだけなのは嫌なんだ！」

「そうだな。町にいれば飢えることなく暮らせはするんだ。でも毎日が満たされなくて……」

「家族の視線が痛い」

「従兄(いとこ)が結婚したって話を聞いた時、親がとても優しくて気持ち悪かった」

「近所の爺(じい)さん婆(ばあ)さんに、どこに勤めているのか聞かれて口ごもるのはもう嫌なんだ！　俺はここを離れないぞ！」

「俺もだ！」

ヴィルマの一言に、多くの魔族が一斉に反発した。

自分たちは、町に戻って生活保護生活を続けるつもりはないと。

「ならば、この村を、農地を守るしかない。獲物のさばき方を教える。無駄にせずに食べて命の恵みに感謝する」

「わかりました！　教えてください！」

「俺も教えてほしいです！」

「俺もです！」

普段あまり多弁ではないヴィルマだからこそ、たまに喋(しゃべ)ると説得力があるな。

魔族たちは、彼女の指導で捕獲した猪や鹿、他の箱罠にもかかっていたウサギ、アナグマなどの解体を熱心に習い始めた。

「ヴィルマ、上手だよなぁ……」

「結局、みんなできる」

俺やエル、イーナ、ルイーゼ、カタリーナ……と、確かにほぼ全員できるな。

アマーリエ義姉(ねえ)さんも、獲物の解体ができなければ、バウマイスター騎士爵領では肉が食べられなかったので当然できた。

「さすがに妾(わらわ)はのぉ……」

元公爵であるテレーゼはできなかったが、それでも作業を手伝っているので、害獣の血や内臓を見て顔を青ざめさせているライラさんよりはマシであろう。

「妾たちはこれでも戦場を体験しておるので、まあ動物ならなんとか大丈夫というわけじゃ」

「私はこれでも宰相なので、こういうものにも慣れなければ……」

「いや、いいんじゃないかな？」

どう考えても、ライラさんが生きている間にゾヌターク王国が復活し、どこか別の国なり勢力と戦争になるとは思えないのだから。

「いえ、陛下は立ち向かっております！　私もしっかりしなければ」

「そういえば……」

魔王様は子供なので情操教育上どうかと思ったのだけど、ちゃんとヴィルマの作業を見学していた。

「可哀想だが、こうして生き物を殺さなければ、余たちはお肉が食べられないのだな」

「町のお店で出されるお肉も、こうして誰かが解体している」

「言われてみるまで、余はまったく気がつかなかった。こうして大変な仕事をして国を支えている人たちがいるのだな」

ゾヌターク共和国では畜産が盛んで、どこのお店でも気軽にお肉を食べられるけど、それは畜養した家畜を解体する人たちがいてこそ成り立っていた。

害獣でも家畜でも同じ命なのだと、魔王様は学んだようだ。

「魚も、野菜も、穀物も生き物」

「そなたの言うとおりだ。人間も魔族も、他の動物や魔物ですら、他の生き物を殺さねば生きていけない。余はそれを今知ったのだ」

「だから無駄に獲らずに、感謝して頂くのがいい」

ヴィルマは、魔族たちに害獣の解体を実演しながら教えた。

その手際は見事としか言いようがなく、さすがは幼い頃から食べるために狩猟、採集、釣り、漁を極めてきただけのことはあった。

「これで終わり」

「ある程度狩れば、動物側も警戒して畑を荒らす個体は減ると思うし、フェンスやネットの張り方や駆除用の製品をよく調べて導入するのもいいかもしれない」

俺は、加えてアドバイスしておいた。

無理にすべての害獣を捕らえる必要はなく、ここは人間のテリトリーだとわからせれば、捕らえる必要がある害獣の数が減るかもしれない。

「さあ、罠で獲った害獣のお肉は、残さずにちゃんといただきましょう」

「猪や鹿の肉か。どんな味か興味がある」

「そういえば、初めて食べますね」

俺たちなんて、生まれた頃から……俺は転生してから、むしろ家畜の肉なんて滅多に口にしていなかったんだが……。

新鮮な肉や内臓はエリーゼたちが適切に調理を行い、魔族たちは真剣にメモを取りながらそれを手伝っていた。

魔族にジビエの食べ方を教える人間……俺からすれば、非常にシュールな光景である。

「まずは、普通に焼いて食べる」

村で採れた野菜と共に、用意した網の上で猪や鹿の肉を焼き、それに俺が用意した醬油ダレと味噌ダレをつけて食べると、安定の美味しさであった。

「臭くないですね」

「ちゃんと血抜きをして、保存にも気を使えば臭くないさ」

「ヴィルマさんから、獲物の解体を習っていた人たちですが、大変そうでしたね」

「町での便利な生活を離れてしまう以上、必要なことと思って受け入れないと」

町に残っていれば、俺たちみたいに狩った動物や魔物の血抜きをして解体などする必要はないけれど、それでは生き甲斐がないと農村生活を選ぶのなら、可哀想でも、血なまぐさくても、内臓などがスプラッターでも、日々やらなければ駄目なのだから。

「俺も子供の頃、初めてホロホロ鳥の血抜きをした時、可哀想とか、殺してしまうのか……とか悩んだし、内臓を見てちょっと気分も悪くなったさ」

「ほう、バウマイスター伯爵がか？」

「陛下、俺は元々騎士爵家の八男なのですよ。今は紆余曲折あって伯爵ですけどね」

「それは知らなんだ」

「そんなわけで、みんなもじきに害獣の解体には慣れていくと思う。仕事だと思ってやれば、やっているうちに覚えるものだ」

「そうだな。余たちはわざわざ町を出てこんな誰もいない廃村で農業を始めたのだ。害獣たちからすれば、余たちは侵略者ということになる。綺麗事を言っていられないな。余たちは国を打ち立てるのだから」

「陛下、お覚悟を決められましたか……お口にタレが……」

農業していたら害獣が出現し、それをどうするかという話だったのだけど、なぜか話が大げさになる魔王様主従。

そしてライラさんが、魔王様の口の周りについたタレをそっとハンカチで拭っていた。

「そういえば、我らは農業が安定したら、もっと沢山の鶏を飼おうかと思っていまして。卵も採りますが、やはり鶏を解体できないと肉を売ることができません。必要なことですよね」

この村の責任者だという若い男性魔族は、害獣の解体技術は必須だという結論に至っていた。

前世の記憶を参考にすると、この手の農村再生運動には鶏の飼育は不可欠だ。

だから鶏を潰せないようでは、仕事にならない。

「害獣の肉も売ればいいんじゃないかな？　珍しいから売れるでしょう」

「バウマイスター伯爵、売れるものなのか？」

「だって珍しいから」

日本だって、農作物を荒らす害獣である猪、鹿、熊などを駆除し、そのお肉をジビエとして販売して成功しているところもある。

『食べて農業支援』なんてフレーズ、日本ではそんなに珍しくもなかった。

つまり、現代人とよく似ている魔族にも通用する商売方法なのだ。

「確かに、バウマイスター伯爵の言うとおりなのであるな。我らはもう長い間、狩猟で得た肉など口にしていないのであるな。宣伝方法を間違えなければ、必ず需要はあるはずなのであるな」

魔族の住む町において、猪、鹿、熊などの肉はまったく販売されていなかった。

余るほどある家畜の肉が主流なので、そこに入り込む余地がないというわけだ。

だが、ここに盲点があるのだ。

「珍しいから、多少高くても売れる。その代わり、不味ければ売れないのでちゃんと血抜きしたり、解体や加工方法にも工夫が必要かな。適切な宣伝もしないと」

魔王様たちの目的は、表向き——裏の理由は今のところ難しいから考慮する必要すらないが——農村の再生にあった。

農地の食害を防ぐために駆除した害獣の肉を無駄にしないよう、その収益は農村の運営費に回されますと、販売する際に正直に申告した方がいいであろう。

「まあ、『食べて支援』みたいな?」

「それはいいフレーズですね。秀逸ですよ」

「やる気が出てきましたよ」

「そうですよね。自分たちの居場所は自分たちで守らないと」

ライラさんは俺のアイデアを賞賛してくれたし、魔族たちもやる気が出たようだし、これでこの農村が活気づくならいいのではないだろうか。

「(ヴェル、相手は魔族だけど、色々と教えていいのか?)」

「(別にいいだろう)」

なにしろ、魔族の住む亜大陸の四分の三が無人なのだ。

今のスピードで若い魔族たちが開発を再開したとして、はたして他の大陸に目を向けるようになるのに何年かかるか。

しかも、魔王様たちのような魔族はまだ圧倒的に少数なのだ。

「（人間からすれば時間稼ぎになる）」

その間に、少しでも技術力が追いつけば……元々数は圧倒的だし、魔族は基本的に冷静なので、人間相手に交易で儲けられれば滅多なことでは波風立てないだろうし。

「（ただ妙なことばかりアドバイスしているんじゃなくて、意外と先のことも考えているんだな）」

「（意外は余計だ！）」

俺は静かに激しく、エルに対しツッコミを入れた。

「バウマイスター伯爵殿よりいいアイデアを頂きましたので、これを上手く活用していこうと思います」

「王国千年の計の第一歩だな」

「左様にございます、陛下」

「「「「「「「「……」」」」」」」」

相変わらず、言っていることとやっていることに大きなギャップが存在するが、平和だからいいんじゃないかな。

「ええと……『農村再生に全身全霊であたる、若く美しい魔王様でした……』っと。これが真実っすよ。決して忖度（そんたく）ではないっす」

新聞記者であるルミも、その辺は手加減をして……ライラさんと魔王様の会話をそのまま書いたとしても、信じる魔族がどれだけいるんだって話だからな。

「燻製肉（くんせい）でも作りましょうか。保存も効きますし。お酒のオツマミとして需要がありますから」

「缶詰やレトルトで、煮込みを売るのはどうでしょう？　機材は潰れた食品工場の中古品なら安く手に入りますし」

「やってみるべきだな」


その後、魔族たちは工夫して駆除した害獣の肉をジビエとして売り出し、かなりの収益をあげることに成功した。

その見本品が後日送られてきたのだが……。

『(パッケージに魔王様のイラストが採用されてる！)』

『なあ、ヴェル。魔王様のイラストは意味あるのか？』

『なんかね、同封された手紙によると、出荷するとすぐに売れてしまうんだって』

『マジでか？　ルイーゼ。魔族、意味がわからん』

この世界の人間にはまだ理解できないかもしれないが、元現代日本人である俺には、魔王様イラストが描かれたジビエ製品がよく売れる理由がとてもよく理解できた。

本当に魔族って、地球の現代人とよく似ていると思う。

第二話　カレーとキャンプ

「陛下にはまだ早いと思います」

「そうかな？　リンガイア大陸なら遅いくらいだし、エリーゼが教えているから大丈夫だよ」

「もし指を切っても、エリーゼならすぐに治癒魔法で治せるものね」

「そうだよな、イーナ」

「陛下……今、陛下に試練の時が……」

「ただ包丁で野菜を切っているだけじゃん」

「ルイーゼさんの仰るとおりですわ。ライラさんは心配しすぎなのです」

「とは思うのですが……」


農村の見学は終わったが、町に戻ってもやることがない。

そこで俺たちは、農村から少し離れた湖でキャンプをすることになった。

俺たちを護衛している防衛隊の人たちもそれに反対するどころか、かえって好都合なのだそうだ。

『ここは無人なので、誰か近づけばすぐにわかりますしね。町中の方が、警備も大変なのですよ』

通行人に見せかけていきなり魔法を放てるのが魔族なので、誰もいない場所の方が警備しやすいのは確かだ。

この国の場合、大規模な反社会勢力とか反政府勢力はないのだから。

ヴィルマなんて、『考えようによっては、魔王様たちが一番の反政府勢力』とか言っていたくらいだしな。

そんなわけで俺たちは船を湖に浮かべ、そこをねぐらに湖畔で自炊をしていた。

まずはキャンプの定番メニューでもあるカレーを作っているのだが、魔王様も料理をしてみたいというので、エリーゼたちが包丁の使い方を教えていた。

保護者代わりでもあるライラさんは心配なようだが、エリーゼがいるから多少包丁で指を切っても大丈夫なんだよなぁ……。

「あら、上手ですね」

初めてにしては魔王様の包丁捌(さば)きは上手であり、エリーゼはそれを褒めていた。

「そうか？　エリーゼたちほど同じ大きさにならないぞ」

「カレーはよく煮込むので大丈夫ですよ。それよりも沢山お野菜が必要ですから」

「そういうことか。任せてくれ」

人数が多いので、カレーは大鍋で作っていた。

肉はエルとモールたちがカットしており、野菜は魔王様と女性陣の担当である。

俺は、カレーに入れる飴(あめ)色になるまで炒めるタマネギの担当であった。

カレーに飴色になるまで炒めたタマネギは必須と呼ぶに相応(ふさわ)しい組み合わせであったが、長々とタマネギを炒めるのは疲れてしまう。

そこで俺は、裏技で対応していた。

「バウマイスター伯爵、タマネギは飴色になるまで炒めるのが正義じゃないか」

「そうだそうだ」

「俺たちは時間だけは沢山あるから、そこは手を抜かないぞ」

無職で暇だから、カレーを作る時には手を抜かないと言う魔族……聞いてて悲しくなってきた。

「ではモールたちに逆に聞こう。どうしてタマネギを飴色になるまで炒めるのかな？」

「それは、タマネギの甘みを限界まで引き出し、それにタマネギの香ばしさも加えて、カレーを美味しくするためだ」

さすがは高学歴の魔族。

カレーに炒めたタマネギを加える理由を理論的に答えるではないか。

しかしな。

その説には穴があるのだ。

「つまり、炒める以上にタマネギから甘みを引き出せればいいわけだ。違うか？　モール」

「そんな方法があればな」

「ある！　それはこれだ！」

俺はフライパンに湯を張り、そこで両端を切り落とし、皮を剥いたタマネギを茹でていた。

これぞ、炒める以上にタマネギの甘みを引き出せる時短テクニックであった。

「茹でた方が甘みが出るし、長時間飴色になるまでタマネギを炒めるのは面倒だからな」

「しかし、その方法には欠点があるぞ」

「どんな欠点だと言うのだ？　モールよ」

ここでモールが、俺の時短テクニックの弱点を指摘してきた。

「タマネギを炒めることにより、甘みもそうだが、香ばしさもカレーに加えられるではないか。茹でるでは、その香ばしさがない」

「なるほど。しかしその説は通用しないと思うぞ」

ラムルよ。

俺がその欠点について、気がついていないと思ったか？

「どうして通用しないのだ？　バウマイスター伯爵！」

「なぜなら、タマネギを炒めた香ばしさは、カレーの香りで飛んでしまうからだ！　よって、今日も念入りにカレー粉を炒めていく」

カレー粉の香ばしさが強いので、タマネギの香ばしさは必要ない、というわけだ。

「料理とは、ただ多くの材料を加えればいいわけではない。時には、不要なものは加えないことも必要というわけだ」

「しかし、カレー粉を炒めると香ばしさは出るが、配合した各種香辛料独特の香りが飛んでしまうではないか。そこをどう思うのだ？」

サイラス……そこに気がつくとはさすがではないか。

だが、俺はその疑問が飛んでくることも事前に予想していたさ。

「ならば、使用するカレー粉の半分のみを根気よく丁寧に炒め、もう半分はそのまま使えばいい。そうすれば、香ばしさと、カレー粉に配合された各種香辛料の香りも同時に楽しめるカレーが作れるのだから」

「「なるほど！」」

どうだ、モールたち。

実にいいアイデアだろう？

この世界において、俺の右に出るカレーのパイオニアはそうはいないはずだ。

前世の貯蓄が効いているからな。

「なんか美味しそうなカレーができそうで、とても楽しみになってきた」

「猪の肉はこれでいいかな？　先に外側を猪の脂で炒めて、美味しさを閉じ込めるのがコツだな」

「美味しくするためにひと工夫というわけだな。ところでラムルよ。ジャガイモがないけど、あの村では作っていないのか？」

「いや、普通に植わってたぞ。なんでないんだ？」

「おかしいな？　サイラス、忘れるなよ」

「俺じゃないって！」

はっ？

まさかモールたちは、カレーにジャガイモを入れてしまう派なのか？

この前、外で作った時には入れなかったじゃないか。

「カレーにジャガイモは入れないから。前もそうだったじゃないか」

そんなことはあり得ないのだよ。

「この前は、ジャガイモがなかったから仕方がなかったんだよ。普通はカレーに入れるだろう、ジャガイモ！」

「そうだ！　モールの言うとおりだ！」

「カレーにジャガイモは最高の組み合わせだぞ」

「いや、それはない」

大体だ。

カレーにジャガイモを入れて煮込み過ぎると、崩れてカレーが粉っぽくなるではないか。

カレーに入れるジャガイモこそ、余計な具であろう。

「肉、タマネギ、ニンジンだけでいいだろう」

これぞ、シンプルイズベストというやつだな。

ジャガイモなんて、入れない方がいいに決まってる。

「ジャガイモが嫌いなのか？　バウマイスター伯爵」

「『子供か！』」

「別にジャガイモが嫌いなわけではない。カレーには合わないって言っているんだ」

どんなに優れた食材でも、使いどころが悪ければたちまち評価を落としてしまう。

カレーにジャガイモこそ、その最たる例ではないか。

「もう一品、ポテトサラダを作ればいいじゃないか！」

そうすればジャガイモを美味しく食べられるし、メニューがもう一品増えると食卓に彩りが出て、さらに食事が楽しくなるではないか。

「面倒じゃないか！　それに俺は、カレーの中で煮崩れたジャガイモって結構好きだぞ」

「いやいやいや！　それはない！」

「バウマイスター伯爵もモールも愚かな……ジャガイモが煮崩れないようにする方法はあるぞ。先に油で揚げておくのさ」

「ラムル、それは面倒だろう。皮ごと先に茹でてから煮込めば煮崩しれにくいぞ」

「サイラスこそ、語るに落ちたな。それなら、ポテトサラダを作るのと一緒だろう。油で揚げる？　ポテトフライか！」

カレーにフライドポテト……合わなくもないが、それはカレーが万能すぎるからだ。

それに、揚げたポテトをカレーに入れて煮込んでしまうと、ポテトフライの油がカレーに溶け出してしまうし、せっかく表面がカリカリ、中はホクホクのフライドポテトが台無しになってしまう。

「揚げたジャガイモは、最後に盛りつければいいだろう」

「ええっ！　フライドポテトカレーなんて聞いたことないぞ！」

それなら、猪や鹿の肉をカツにして添えた方がご馳走じゃないか。

まったく。

人間も魔族も、この世に争いのタネは尽きないな。

「別料理でポテトサラダにしよう。マヨネーズなら俺が自作したのがあるから」

こういう時のために、常に魔法の袋に備蓄しているからな。

マヨネーズがあれば、大抵の緊急事態に対応できるのだから。

「ここはフライドポテトをだな！」

「それを言ってたのはラムルじゃないか？　先に蒸せば煮崩れないぞ！」

「サイラス、蒸しジャガイモにつけるバターは？」

「「ないよ！」」

俺たちのなかなか終わらない論争は続く。

「陛下、あのような駄目な大人になってはいけませんよ」

「わかったぞ。獅子たる王は、無用な争いはしないのだな」

「そのとおりでございます」

「「「……」」」

ライラさん……駄目な大人って……俺はちゃんと働いている。

なお夕食のカレーには、魔王様たっての希望でライラさんが面取りをしたジャガイモが入っていた。

＊　＊　＊

「こうか？　イーナ」

「上手ですね。陛下は」

「でもよ。魔王様が赤ん坊のオムツ替えを習って、実践する機会があるのか？」

「カチヤよ。余は、自分の子供は自分で面倒を見る予定だぞ。余は新しき世の王となる予定なので、乳母や使用人任せにはせぬ。守るべき伝統と、新しく受け入れるべき改革のバランスが重要であろう。古きに傾きすぎて滅んだのが、余の祖先たちなのでな」

「ふうん……」

「カチヤ、魔王様の仰っていたこと、半分も理解できていないでしょう？」

「姉御、どうせあたいはバカだからな。ようし、これで全員のオムツ替えは終わりだ」

夕食後、俺たちは湖に魔導飛行船を浮かべて船内で寝ることにした。野外キャンプは警備の観点からやめてくれと言われたのだ。

魔王様が赤ん坊の世話をしたいと言ってきたので、エリーゼたちがオムツの替え方を教えていた。筋はいいようで、すぐにできるようなっていた。

「これで余も、いつでも子供を産めるな」

「「「ぶぅ――――!」」」

魔王様からの不意打ち的な一言に、同じ部屋で食後の酒を飲んでいた導師、ブランタークさん、エルが酒を噴き出した。

「そんなに驚くことであるかな?」

「魔族、お主は冷静であるな」

「導師、子供の夢みたいなものであるな。無邪気なものであるな。我が輩は例外として、大半の魔族の子供は『自分も将来は普通に就職して、結婚して子供を……』と思いながら、半分はああなるのであるな」

アーネストの視線の先には、食後のマテ茶とお菓子を楽しんでいるモールたちとルミがいた。

ルミも就職はしているけど、結婚にはほど遠いのが現実だからなぁ……。

あえてそれを口に出すつもりはないけど。

「ゆえに、そこまで気にしても仕方がないのであるな。陛下は、将来のため色々なことを学んでい

るのであるな」

「王たる者、下々の生活も把握せねば公平で正しい統治はできぬのだから。子を成さねば王家が存続せぬし、余は最後の王家直系の子孫なのだから」

「陛下は、王家最後の希望にございます。そのため、新しき帝王学が必要なのです」

帝王学……情操教育の間違いじゃないのかな？

フリードリヒたちのオムツ替えとか特に。

「よし。あとはちゃんとノートに今日のことを記さねばな」

オムツ替えが終わった魔王様は、持参したノートを広げて今日の出来事を詳細に書き始めた。

随分と熱心だが、ちゃんと提出しないと学校の先生に怒られるのであろうか？

「そういえば、これから何日か学校を休むことになりますけど、陛下は大丈夫なんですか？」

「学校を休む代わりに、こうして自己学習をしておる。このノートは、あとで先生に提出するのだ。そうすれば問題ない」

「まあ、魔族の学校のカリキュラムには余裕がありますので……」

そういえば、若者の就業率の低さを糊塗(こと)するため、魔族は学校に通う期間がとても長かったのを思い出した。

何日か休んだくらいでは、そう勉強が遅れることもないのであろう。

休む代わりに、自己学習という名目で絵日記を先生に提出する必要があるようだが。

「先生かぁ……どんな先生なんだろう？　冒険者予備校のゼークト先生とかとは違うのか？」

エル、冒険者予備校はかなり特殊な専門学校みたいなものだ。

魔王様が通っている小学校とは、色々と違うと思う。

「フランソワ先生はとても優しいし、いろんなことを教えてくれるぞ。我が師なのだ」

「はい。先代の魔王様と王妃様亡きあとの陛下に大変気遣ってくれます。陛下の最初の師として、将来歴史に名を残されるでしょう」

ライラさんの発言を聞いていると、歴史系の創作物で幼い主人公を指導してくれる師……日本で言うと、今川義元(いまがわよしもと)と太原雪斎(たいげんせっさい)の関係みたいな印象を受けるが、実際にはただの小学校の担任と生徒の間柄だと思う。

ご両親がいない魔王様を気遣っているようなので、きっといい先生なんだ。

「そのフランソワ先生って、若い？　美人かな？」

「独身だよね？　彼氏いる？」

「今度紹介して！」

「フランソワ先生は若くて綺麗(きれい)だけど、もう結婚しているぞ。他の学校の先生と結婚しているって言っておった」

「ガハッ！」

「夢も希望もないな！」

「結局、条件がいい人ほど早く結婚してしまうんだよな……」

「後輩たち！　今、自分を見たっすね！　自分は条件が悪いわけではなく、フワンソワ先生とは環境に少し違いがあるだけっす！」

モールたちもルミも、別に結婚願望がないわけではないんだな。

前世、『今の生活で、将来俺は結婚できるのかね？』なんて思っていた頃を思い出すが、この世界だと成り行きとはいえすんなり結婚してしまったので、環境ってのも重要かもしれない。

「そんなに結婚したいのであるな？　我が輩には理解できないのであるな」

それは、アーネストがある意味、他人を超越しているからだ。

人間と魔族。

とりとめのない話をしながら夜を過ごし、明日も遊ぶ予定なのでみんな早めに就寝することにしたのであった。

＊　＊　＊

「あなた、行ってらっしゃいませ」

「行ってくるよ。釣れるといいな」

「ヴェル、釣れなくても料理は沢山作っておくからね」

「信用がない……」

「ヴェルの海でのあの釣果を見るとね……イーナちゃんのみならず、みんなに信用がないから」

「……」

今日は、湖に繋（つな）がっている川の上流に釣りに行くことにした。

そこは道もない渓流なので、魔法で飛べる人のみという条件があり、俺、ルイーゼ、カタリーナ、リサ、導師、ブランタークさん、アーネスト、モールたちとルミ、ライラさんと魔王様というメンバーになった。

まさかアーネストがついてくるとは思わなかったが、実は思っていたよりもつき合いがいいようだ。

同胞である魔族が多いからかもしれない。

エリーゼたちは、料理やお菓子を作って釣果を待つそうだ。

これだけいれば釣果があがるはずなので、たとえ俺に信用がなくても……自分で言っていて悲しくなってきた。

絶対に沢山釣って、イーナやルイーゼをギャフンと言わせてやる。

「お前ら、夕方になってしまうぞ」

「まったく、それだけの魔力がありながら」

釣り場が釣り場なので、飛べる人が条件だったのだけど、魔力はあるのにアーネストとモールたちの『飛翔(ひしょう)』が非常に心許(こころもと)ない。

ブランタークさんと導師が指導しながら、四人の男性魔族たちは危なっかしそうにフラフラゆっくと飛んでいた。

「飛べると便利なのにね」

「ルイーゼさん、それがそうでもないんです」

「どうして？　ライラさん」

「今の魔族は、町中で許可もなく飛ぶと捕まりますので……」

「そうなんだ！　どうして？」

「他の攻撃魔法と同じ理由です。もしコントロールをしくじって落下し、他人にぶつかると最悪死亡事故になりますので」

そういう理由なのか。

確かに、コントロールを誤って落下した先に誰かいると大事故だからな。

以前に、そうした死亡事故でもあったのかもしれない。

「防衛隊や他組織の極一部が、町中での『飛翔』を特別に許可されているだけです。私有地でなら練習しても罪にはならないのですが、自由に飛行できないので、防衛隊などに入ってから練習するのが普通ですね」

みんな魔力持ちなのに、一般人はほぼ魔法を練習しないというのが凄いな。

それだけ魔道具が便利だからであろうが。

「幸い、先代の魔王様と王妃様は庭のある家を残してくださいましたので、私が陛下に『飛翔』をお教えできたことは幸いです」

男性魔族たちに比べると、魔王様とライラさんは上手に空を飛んでいた。

魔法で飛べない魔王様と宰相なんて絵にならないので、ちゃんと習得したのであろう。

「お外で自由に飛ぶと気持ちいいな」

「陛下は才能あるな。お前らも少しは陛下を見習え」

さすが魔王様というべきであろう。

魔法の習得の早さを、ブランタークさんが褒めていた。

彼が素直に褒めるのだから、よほど才能があるのだ。

魔王様だから当然じゃなければ色々と困るけど。

逆にモールたちは、飛び方がなっていないと叱られていた。

「だって、これまでの人生で必要なかったし。陛下にはご両親が残した庭付きの一軒家がありますけど、俺のところは実家も賃貸だから！」

「そうですよ！　履歴書に『飛翔』で飛べますって書いても、採用ではまったく有利にならないんですから！　逆に事故を起こすリスクがあるという理由から危険人物という扱いで、不利になることもあるし！　同じく攻撃魔法が使えることも、『危ない奴』だと思われて、不採用になる会社もあるんですよ！」

「防衛隊でさえ、入ってから研修で『飛翔』を覚えるくらいなんです。大半の普通の魔族はろくに飛べもしませんよ！　短期間でここまで飛べるようになった俺たちを、ブランタークさんは褒めるべきだ！」

「口だけは達者だなぁ……。まあ、もう少し練習すればそう悪くもないか。しかし、魔族は魔法の才能があるのに勿体ねえな」

リンガイア大陸の人たちが魔族並みに魔法の才能があったら、大喜びで練習するに違いない。

多くの魔法使いたちを指導してきたブランタークさんからすれば、せっかくの才能が勿体ないという気持ちになるのであろう。

「取材のためには、時に違法とは知りつつ、魔法で浮かび上がることも必要っす」

「俺はノーコメントだな」

意外にも、ルミは『飛翔』がかなり上手だった。

取材では飛んだ方が有利……違法なような気もするけど、そこはグレーゾーンなのかもしれない。

大人のブランタークさんは彼女が若い女性だということもあり、あえてそこはツッコまなかった。

「お主もである！　魔族」

「人も魔族も必要があればこそ、それを懸命に習得しようとするのであるな。人間は気が短いのであるな」

アーネストも、とてつもない魔法の才能の持ち主であるが、必要がないからという理由であまり練習せず、導師からすれば言語道断というわけだ。

肝心の本人は、導師からなにを言われても『柳に風』であり、それが余計に導師の機嫌を悪くするわけだが。

「到着ですわね」

「カタリーナ、妙に張り切っているね」

「この手の渓流の魚はお任せくださいな。冒険者予備校生時代、よく山の上にある渓流で魚を獲ってっていましたから」

リンガイア大陸にも、人里離れた険しい渓流にヤマメやイワナによく似たマス類が生息しており、高く売れるので、獲りに行く冒険者や学生は一定数いた。

カタリーナもそうしてお金を稼いでいたので、渓流の魚には詳しいと言いたいのであろう。

「でもさ、今日は釣りをするからね。ヴィルマがいないと頼りないかも」

「釣りでも、魔法でも、魚がいるポイントならお任せくださいな」

カタリーナは妙に自信あり気だ。

みんな無事に渓流に到着し、一斉に竿を出して釣りを始めた。

「あっ、釣れた」

「てっ！　早っ！」

いきなりルイーゼが一匹魚を釣り上げるが、やはりマスっぽい魚だ。

体の模様が……イワナにもマスにも似ていないけど、形はそれっぽかった。

「誰も入っていないから、魚影が濃いんだろうな」

これまで見たことがない釣り竿と人に対し、警戒心も薄いのであろう。

「釣れましたわ！」

「釣れました」

「こんな川ばかりなら、冒険者も楽なんだろうけどな」

「よく釣れるのである！」

これまで人間が……いや魔族か……誰も入っていない渓流なので、餌をつけた仕掛けを入れると面白いように釣れた。

「ライラ、また釣れたぞ」

「さすがでございます、陛下」

魔王様は魚釣りを心から楽しんでいた。

ライラさんは釣れた魚の取り外しや、餌付けなどで彼女のサポートに徹していた。

「プロの釣り師になれないかな？」

「どうやって収益を得るんだよ？」

「この魚を売ってもたかが知れてるし、ここまで来るのが大変だしな」

モールたちは、起業でもしたいのかな？

「なるほど。この魚の模様は、他の渓流で釣れる同種の魚と少し違うのであるな。この渓流と湖は他の水源とは繋がっておらず、他の種と交わらなかったがゆえに、独特の模様を保てた可能性があるのであるな」

「つまりこの模様の魚は、この渓流のみに生息する固有種である可能性が高いと？」

違う模様の同種の魚と交配しなかったから、今もこの模様を保てている。

遺伝とかそういう系統の話だなと俺は思った。

「意外と物知りであるな」

「意外は余計だ！」

学者ってのは、素人の理解力を低く見がちだよなぁ……。

「なるほど。それはいい題材になるな」

魔王様は早速ノートを広げて、日記風にアーネストが話した学説を書いていた。

続けて、自分が釣った魚の絵も描き始めている。

小学生の自己学習にしてはかなり難しい題材だと思うが、魔王様だからアリなのか。

「学校で勉強するのとはまた違って、ためになるな」

「よき王となるため、よく学び、よく遊べでございます」

「ライラの言うとおりよな」

ライラさんって、学校の先生とかにも向いていそうだ。

帝王学って言うから、魔王様に時代錯誤なことでも教えているんじゃないかと心配していたが、普通の学習内容でよかった。

「伯爵様、もう十分だろう？」

「沢山釣れたのである！」

「ヴェル、もう戻ろうよ」

「いや、待て！　まだだ！」

「ええっ！　どうして？　沢山釣れたじゃない！」

ただ一人、釣りを終わらせることに反対する俺であったが、それには深い理由があった。

なぜかと言えば……。

「俺だけ、一匹も釣れていないから」

「そうだっけ？　カタリーナ」

「そう言われてみますと、ヴェンデリンさんは一匹も釣れていませんわね」

「これだけ魚影が濃くて……なにかの呪いでしょうか？」

「……」

まさか、リサの言うとおり、俺には魚が釣れない呪いがかかっているのか？

いくら世界が違っても、そんなものはないはず……ないよね？

「ヴェル、もう時間だから帰るよ」

「お魚の数はもう十分ですしね。ヴェンデリンさん、次の機会に釣ればいいのですから」

「次っていつだよ？　俺は忙しい……」

「旦那様、エリーゼさんたちが食事の準備をしているのですから、早く帰りますよ」

「ちょっと待って！　あと五分だけ！」

まだ一匹も釣れていないのは俺だけだ。

一匹は釣って帰りたい！

「バウマイスター伯爵、男の引かれ未練は情けないのである！」

「導師、俺は戻りませんよ！」

「仕方がないのである！」

「導師、離してくれ！　ぶわっ！　筋肉が硬っ！」

せめて一匹だけでも！

俺の願いは虚しく、導師の硬い筋肉に抱え込まれながらエリーゼたちの元に戻ることとなったのであった。

＊　＊　＊

「まあ、こんなに沢山お魚が。どうやって調理しましょう」

「それは当然、焼いて食べます」

「ヴェル、自分だけ一匹も釣れなくて不貞腐れていたけど、もう元気になってよかった」

「ルイーゼ君、人の過去の傷を抉らないように……」

エリーゼたちの下に戻るとすでに色々と料理が完成していたけど、ここはもう一品。

せっかくヤマメとイワナっぽい魚を釣ったのだ。炭火焼きにして食べるのが正解であろう。

「まずは、魚の腹を開いてエラと内臓を取り、背骨に沿うように赤い塊があるけど、これは血合いで臭みの原因になるから指でこそげ取り、綺麗な水でよく洗います」

「なるほど」

魔王様も俺に習いながら、魚の下処理を自ら行っていた。

例の絵日記風のノートに、その様子を書くことも忘れない。

魔王様は、ちゃんと先生の言うことを聞くよい子であった。

「次に、魚の水気をよく切り、均等に塩を振ります。開いたお腹の中にも塩を忘れずに」

「なるほど」

魔王様は作業をしながら、熱心にノートに書き留めていた。

「そして、ヒレの部分に飾り塩を忘れずに！」

魚のヒレの部分に、沢山塩をつける。

観光地にある渓流魚の炉端焼きが名物のお店では、魚のヒレに塩が沢山まぶしてある。

その理由は、そのまま魚を焼くとヒレが焦げて取れてしまい、見栄えが悪くなるからだ。

「ヒレは食べないけど、見た目も大切だよね」

「せっかくの渓流魚の焼き魚だからな。王の食卓に上るに相応しい一品ではないか」

実は日本だと、出しているお店は多いけどね。

「次に焼き方だ。ヴィルマ！」

「準備できた。火力を強くしてある」

「さすがだ」

「こういうのは慣れ」

下処理を終えた魚を炭で焼くわけだが、その準備はこの手のことが得意なヴィルマが行っていた。

そして炭は、ミズホ産の高級品である。

「魚は最初、強火の遠火で焼くのがポイントです。焦げないように火との距離を慎重に……そして、まずは背中側から炭火に近づけ、水分が出てこなくなったらひっくり返して、外側をパリッと焼く」

「なるほど。勉強になるの」

「表面が焼けたら、今度は炭を熾火にして、弱火でじっくりと魚の中まで火を通します」

「どうして二段階に分けるのだ？　バウマイスター伯爵よ」

「それはですね……」

魚の中まで長時間じっくりと火を通すのは、小骨が柔らかくなって食べられるようになるからである。

「もう一つ、魚の中の余分な水分は魚の生臭さに直結するので、なるべく長時間火を通して外に出すためでもある。水っぽくない方が、身の旨味も凝縮するしね。お腹の側から水分が出てこなくなったら焼き上がりだ」

これで、大人のキャンプの定番、串に刺したイワナとヤマメ——日本のとは多少違うけど——の炭火焼きの完成だ。

「豪快にかぶりつく。美味しい！」

「おおっ！　身がホクホクで美味しいな。細かな骨もそれほど気にならない」

魔王様は、焼き魚を気に入ってくれたようだ。

「美味しいですね、あなた」

「フリードリヒたちにはまだ早いけど……」

きっと、フリードリヒたちが大きくなってから振る舞えば、魔王様のように喜んでくれるはず。

彼女が美味しそうに焼き魚を頬張って(ほおば)いるのを見ると、将来に向けていい予行練習になったなと思えるのだ。

「相変わらず、奇妙なことに詳しいよな」

「エル、なんとでも言うがいいさ！」

貴族とは関係ないが、ちゃんと役に立っているんだからな。

「冒険者として活動している時は、ここまでできないかもしれないがな」

「あっ、ブランタークさん。頭と背骨をください」

「いいけど。どうするんだ？」

「『骨酒』を作ります」

食べ残した魚の背骨と頭を網の上でコンガリと焼き、それをコップに入れ、そこに熱々のミズホ酒を注ぐ。

これで、骨酒の完成であった。

「これはオツでいいな。美味い！」

ブランタークさんは、骨酒に大満足であった。

「バウマイスター伯爵、某にも！」

「導師、魚の頭と背骨は？」

「すべて食べたのである！」

「……」

世の中には、焼いた魚を丸ごと食べてしまう人が……俺のまだ元気なはずのお祖父さんもそうだったから、導師ならあり得るというか当然か……。

俺は、自分の分の魚の頭と背骨を使って骨酒を作り、導師に渡した。

「すまんのである！　これは美味である！」

「ぷはぁ――――！　たまには酒もいいのであるな」

「働かずに飲むお酒は美味いな」

「背徳感が最高！」

「久々に酒を飲んだな。家で飲むと『無職のくせに……』みたいな視線を向けられるからさ」

魔族たちも……まあ色々と大変なんだと思う。

骨酒を楽しんでいた。

「ぷはぁ――――！　五臓六腑に染みわたるっすよぉ！」

「我が教え子ながら……であるな」

「だから先輩はモテないんですよ」

「そうそう。魔王様やバウマイスター伯爵の奥さんたちを見習わないと」

「上品さが微塵(みじん)もないんだよなぁ……」

そして、誰よりもオッサンぽく酒を飲むルミに対し、アーネストとモールたちが正直な感想を口にした。

俺もエルも同じように思っていたけど。

「自分、普段ストレスが多いんすよ！　古臭いクソみたいな上司の相手をしないといけないんで！　あいつら、考えが古いんすよ！」

「ぶっちゃけるなぁ……」

どこの会社もなぁ……。

人間関係とかで色々とあるなぁ……。

俺にはよく理解できたので、追加で温めたミズホ酒をそっとルミのコップに注(つ)ぎ足してやった。

「陛下、大人になってからお酒を飲む機会もあるとは思いますが、適度に節度を持ってでございます」

「お酒とは、そんなに美味しいものなのか？　大人はみんなお酒を飲むな。エリーゼたちは飲まないが」

俺が毎日お酒を飲む人間ではないので、奥さんたちもなにか機会がないと飲まなかった。

ヴィルマはお酒が嫌いだし、リサはあれだけ飲めるのに、好んで飲みはしなかった。

我が家で手に入れたお酒の大半は他人への贈答用か、導師とブランタークさんが消費していた。

「妾(わらわ)も昔はそれなりに飲んでおったぞ。公爵として日々ストレスがあったからの」

「そうなのか。大変だな」

そう言われてみると、フィリップ公爵時代のテレーゼは毎日お酒を飲んでいた。

量はそれほどではないが、毎日飲まないとやってられなかったのかもしれない。

「今は飲まなくても、特に問題ないがの」

今はエリーゼたちと同じく、毎日お酒を飲むことはなくなったな。

ストレスが消えたからか。

「俺も結構ストレス多いけどね」

「ヴェンデリンは、酒よりも食べ物であろう」

「それはそうか」

「なるほど……『大人はストレスがあるとお酒を飲むことが多い』と」

「その日記、先生とやらが見たらどう評価するかの？」

「どうだろう……」

魔王様の教育によくないと思われるか、案外、よく見ているなと褒められるかもしれない。

そんな風に思いながら、二日目の夜も過ぎていくのであった。

＊　＊　＊

「バウマイスター伯爵、これを見よ！」

「朝の散歩の途中、陛下が発見されました。湖岸の砂の中に半分埋まっていたのです」

「見た目が古い箱なので、お宝が入っているかもしれないぞ」

「箱？」


キャンプ三日目。

朝食の席において、魔王様は一抱えもある古い宝箱のようなものを見つけたそうで、みんなにそれを見せてくれた。

「アーネスト教授、どう思う？」

「古くても千五百年前くらいのものであるな。この地は、陛下たちが再生させている農村よりもさらに昔に放棄されたと聞くのであるな。当時、この辺に住んでいた者たちが残した可能性があるのであるな」

となると、そこまでの希少性はないのか？

人間からすれば千五百年は古いけど、魔族だとそこまで古いとは言えないのだから。

「しかし、これは宝箱っぽい。もしかしたら、王国復活の資金になるお宝が入っているやもしれないぞ」

「そんなに美味い話がありますかね？」

エルが懐疑的な考えを述べるが、凄いお宝でないにしても、プチお宝みたいなものが入っているかもしれない。

そう考えた方が、夢があっていいような気もする。

「実際に開けてみればいいのである！」

「そうだよね」

導師とルイーゼは、早く箱の中身を見てみたいようだ。

「箱なんぞ、中身を見てナンボである！　では早速！」

「待てよ、導師！」

「ブランターク殿？」

箱を開けようとした導師を、ブランタークさんが止めた。

「宝箱に罠(わな)が仕掛けてあるかもと、疑ってかかるのが冒険者の常識じゃないか」

ブランタークさんは箱を導師から奪い取ると、『探知』で罠の有無を確認し始めた。

「どうです？　ブランタークさん」

「罠はないが、この箱についている鍵穴に差す鍵がないな」

「では、こじ開けるのが礼儀なのである！」

「待つのであるな」

今度は、箱を強引にこじ開けようとした導師をアーネストが止めた。

「これだから、野蛮な人間は嫌なのであるな。この箱の鍵穴の形状は少し特殊なのであるな。たとえ千五百年前とはいえ貴重な文化財かもしれないのであるな。壊さず開ける努力が、貴重な文化財を未来に残す結果に繋がるのであるな」

考古学者であるアーネストからすれば、箱を強引にこじ開けるなど、犯罪に等しい行為なのであろう。

彼は箱をすぐに自分の手元に引き寄せた。

「鍵などないのである！　ではお前が鍵を作るか、金属の細い棒でも突っ込んで開錠すればいいのである！」

「我が輩に、そのようなスキルはないのであるな」

「威張って言うなである！」

「我が輩は考古学者であって、錠前師ではないのであるな」

「ああ言えばこう言うのである！」

アーネストの言い分は正しくはあるが、導師からすれば気に入らないのも確か。

珍しく地団駄を踏んでいた。

「あのさ。カタリーナなら開けられるんじゃないか」

以前、魔の森にある地下遺跡で、器用に開錠の魔法を使っていたのを思い出した。

「ヴェル様、よく覚えていた」

「褒められるの？　これで」

みんな、ちゃんと覚えておいてあげようよ……。

確かにカタリーナは、たまに影が薄いけど。

「カタリーナ、どうかな？」

「これなら大丈夫ですわ。簡単なものです」

カタリーナが魔力の塊を箱の鍵穴に差し込んで数秒待つと、『カチャ』という音と共に箱が開いた。

前と同じく、見事な魔法である。

この開錠の魔法、結局俺は、覚えられなかったんだよなぁ……。

「すげえな。俺も開錠の魔法は使えなくてな」

「某もである！」

ブランタークさんも、カタリーナの開錠の魔法を絶賛した。

導師は……一番向いていないタイプの魔法だ。怪力で壊した方が早いからと、さっきも強引に箱をこじ開けようとしていたしな。

「バウマイスター伯爵、なにが入っているのかな？」

古い鍵付きの箱に入っているものはなんなのか？

子供である魔王様がワクワクするのも当然か。

「金貨！」

「宝石！」

「金になればなんでも！」

一方、汚い無職の大人たちは、先日の龍涎香騒ぎと同じく欲望丸出しで、ある意味魔族らし……くはないいな。

人間と同じだ。

「ヴェンデリンさん、羊皮紙が一枚だけしか入っておりませんわよ」

カタリーナは、箱から取り出した羊皮紙をテーブルの上に置いた。

長期間水に濡れた砂の中に埋まっていたにしては、中の羊皮紙が濡れていないので、箱には密封性があったようだ。

「そんな予感がしたぜ。軽いから魔王様が普通に持ってんだろうしな」

カチヤの言うとおりで、宝石や金貨って意外と重たいからな。

「ですが、お宝の地図かもしれませんね」

「リサ、なにも書かれておらんぞ」

テレーゼは羊皮紙の表と裏を確認してみるが、羊皮紙にはなにも書かれていなかった。

「ヴェル、どう思う？」

「こういうのって、火で炙るとなにか浮かび上がってくるとか？」

「そんな、なにかの物語じゃあるまいしよ」

「エルが聞いてきたんだろうが！　実際にやってみよう！」

俺は指先から火を出して羊皮紙を炙ってみるが、残念ながらなにも浮かび上がってこなかった。

「駄目か……火以外の方法？　薬物に浸すとか？」

見つかった状況的に、ただの羊皮紙じゃないと思うんだよなぁ……。

なにかあるはずなんだ。

「アーネスト、どう思う？」

「そうであるな。この箱は、およそ千五百年ほど前によく作られていた貴重品を納めるための箱で、鍵付きで火に強く、中身が水に濡れない逸品なのであるな」

「「「「「「「「そっちじゃない！」」」」」」」」

羊皮紙のことを聞いたのに、なぜか箱の方の解説を始めるアーネストに対し、俺たちは思わずツッコミを入れてしまった。

「羊皮紙であるか？　適当に魔力を流すのであるな」

「魔力をか？」

「そうであるな。これは、一定以上の魔力を流すと書かれている内容が浮かび上がってくるのであるな。昔よくあった仕掛けなのであるな」

魔力を流すのかぁ……。

この羊皮紙にそんな仕掛けがあったとは。

「ただ、純粋な魔力を流さないと駄目なのであるな」

それはそうか。

下手に魔法を発動させてしまえば、羊皮紙が燃えたり、凍ったり、切れたりしてしまうのだから。

「バウマイスター伯爵、余がやるぞ」

「どうぞ」

とはいえ、直接魔力を流すなんてそこまで難しくもない。

魔王様がやりたいというのであれば、譲っても問題ないだろう。

「う――――ん。おおっ！　なにか浮かび上がってきたぞ！」

魔王様が羊皮紙を持ってすぐに、羊皮紙になにかが浮かび上がってきた。

この速さは……さすがは魔王なだけあって、尋常でない魔力量を持つ証拠であった。

「地図に見えますね」

「地図だな」

エリーゼと俺だけでなく、誰が見ても羊皮紙に浮かび上がってきたのは地図だとわかった。

「ここの部分はこの湖で、その隣の山の山頂に印があるな。昨日、俺たちが釣りをしてきた山じゃないか」

「前人未踏の山に見えたのだけど、山頂になにかお宝があるというわけか」

昔は、誰かがよく登っていたのであろうか？

「お宝があの山の山頂に！」

「なにを買おうかな？」

「迷うよな」

「あのさぁ……」

盛り上がっているところ非常に悪いのだけど、俺はモールたちに言いたいことがあった。

「この地図を見つけたのは魔王様なのだから、モールたちにお宝の権利はないだろう。あと、この土地って国有地扱いなんじゃないのか？」

放棄された土地ではあるが、ゾヌターク共和国の領土ではあるのだ。

山の所有者が国である可能性が高く、そうでないとしても他に山の所有者が存在するかもしれない。

「埋蔵品って、権利が面倒なんじゃないのかな？」

リンガイア大陸の場合、お宝が出た土地を所有する国か貴族に、獲得したお宝の収益から一定額の税金を納めればいいけど、ゾヌターク共和国くらい法律などが進んでいると、権利を強く主張する人がいると面倒になるはずだ。

「そこまで厳密に考える必要はないのであるな。どうせ放棄された土地で、そこからどんなお宝が出たかなど……政府は把握できないのであるな」

アーネストの奴。

以前にも、勝手に放棄地で発掘していた過去があるようだな。

そうでもしないと、なかなか発掘作業もできなかったのであろうが。

だが今は、俺たちを護衛している防衛隊の人たちがいるのだ。

見つけたお宝を隠すなんて無理だと思う。

「国に半分権利があると推察しますが、もう半分は貰（もら）えますから。現在運営している非営利団体の活動資金にあてさせていただきます」

「賛成だ。これにより、もっと多くの若者たちを村に呼べるようになるぞ」

「ライラさんと魔王様は偉いな。それに比べお前らはいい年してなぁ……」

「ぐわぁ――！　言わないでくれ！」

「これも、職がないのが悪いんだ！」

「そういう風に言える余裕を俺たちに与えない社会が悪いんですよ！」

魔王様と違って、自分のことしか考えないモールたちに対しブランタークさんが苦言を呈し、彼らは罪の意識に苛（さいな）まれて絶叫していた。

「もしかしたら、昔は価値があったけど、今はそうでもないなんてお宝かもしれない」

「実際に確認すればいい話ですわ」

「それはそうだ。伯爵様、カタリーナの嬢ちゃん、行くぜ」

「当然、余も行くぞ」

「私も陛下にお供します」

地図によると、実は山の内部がダンジョンに……なんてこともないようで、俺たちは『飛翔』でお宝のある山頂へと向かうのであった。

＊　＊　＊

「山頂に三つの丸い石が設置されていて、その中心部に埋まっているそうだ」

「随分と単純な隠し場所ですわね」

「それほどのお宝ではないのかもな」

山道を登るなんて嫌なので、俺たちは『飛翔』でお宝があるとされている山頂に到着した。

早速、地図に記された三つの丸い石を探すが……。

「植物が生い茂っていてわからないですね」

「刈るしかないよな」

俺が『ウィンドカッター』で山頂に生い茂る草木を刈っていくと、ちょうど中心部に丸い石が三つ地面に半分埋まっていた。

「この三つの丸い石の中心部地下に、地図に書かれたお宝があるというわけですか」

「地図にはそう書かれているな」

「じゃあ、掘ります」

当然自力で掘ると面倒なので、全部魔法で掘った。

俺、ブランタークさん、カタリーナの三人で地面を掘っていくと、地下五メートルほどの地点から地図が入っていたのと同じ箱が出てきた。

「カタリーナ先生、お願いします」

「ヴェンデリンさん、急になんなのですか……まあ、この箱の鍵は私にしか開けられませんけど……」

カタリーナが開錠の魔法で箱を開けた。

その中身を確認すると……。

「大きな卵だな」

「ですわね。なんの卵でしょうか？」

箱の中ギリギリの大きさで、卵が入っているのを確認した。

「ブランタークさん、これはなんの卵でしょうか？」

「どうなんだろうな。というか、これ中身が腐ってそうだな」

少なくとも千五百年もの間、地面の奥深くに埋まっていた卵だから、中身が腐っていても不思議ではないか。

「アーネストに見せてみるしかねえな」

「それしかないですね」

俺たちの中でそういうことに一番詳しいだろうから、早速見せてみることにしよう。

俺たちは卵を持って、キャンプ地へと戻った。

「オムレツ何人前かな？」

「カチヤ、千五百年前の卵ですが食べるのですか？」

「姉御、言ってみただけだって。殻が素材として貴重なのかね？」

みんな、大きな卵を見ながらとりとめのない話をしていたが、アーネストだけは卵の殻の表面を虫眼鏡で拡大して見ていた。

「これは……竜の、それもかなり強い個体の卵であるな」

「えっ？　竜の卵なのか？」

「我が輩、前に出土した竜の卵の殻を見たことがあるのであるな」

さすがは考古学者。

竜の卵を見たことがあると言うのだから。

「竜なのか。でもここって、魔物の領域ではないよな？」

「さすがに放棄されて千五百年程度では、魔物の領域に戻らないのであるな」

「不思議な話だよな」

バウマイスター伯爵領の未開地は一万年近くも放棄されていたに等しいけど、隣接している魔の森に浸食されていなかったのだから。

未開地とこの亜大陸の土地。

なにが違うのであろうか？

「この亜大陸は、大昔はすべて魔物の領域だったのであるな。そこに魔族が部族単位で土地を切り開き、接触した別部族との抗争から併合、吸収を経て国家が誕生し、ついにゾヌターク王国が成立したのであるな」

亜大陸すべてが魔物の領域という状態から、魔族はその戦闘力の高さと好戦的な性格でもって広大な土地を切り開いてきた。

「しかしながら技術が進むと、魔族の数は増えたが、亜大陸全土に住むのは非効率という話になったのであるな。それにここ数百年の人口減が決定的だったのであるな」

結局、せっかく切り開いた多くの土地が放棄され、長い年月を経て、場所によっては再び魔物の領域に戻ってしまったところもあるわけか。

「リンガイア大陸も、あと数万年もすれば同じ状況になるのであるな」

「今はないだろう、さすがに」

現時点で、苦労して解放した土地を放棄するわけがないので、俺たちは人間の手を離れた元魔物の領域が、再び元どおりになるという事実を知らなかっただけなのか。

「確か、この地域も元は魔物の領域だったのであるな。竜の卵は……これは卵の状態なら自由に持ち運べるので、あそこに封印して埋めたのであろうと推察するのであるな」

「なるほど」

アーネストは考古学のみならず、竜にも詳しかったわけだ。

「で、これは生きているの？」

ルイーゼは、アーネストに卵は生きているのかと尋ねた。

「当然、生きているのであるな。上位の竜は、卵から孵化（ふか）するのに数百年かかるのが普通で、だからであろう、卵のままでほぼ永遠の時を生きることも可能であるな」

「それ、発言が矛盾してないか？　数百年で孵化する竜の卵が、どうして卵のままでほぼ永遠に生きられるんだよ」

珍しくエルが、アーネストの発言の矛盾点に気がついて問い質した。

「エルにしては鋭いね」

「ルイーゼ……傷つくぞ……で、どうなんだ？」

「それであるが、竜が無事に孵化するためには、時間の他に条件があるのであるな」

「条件？」

「上位竜の親は、卵を温める際に大量の魔力を卵に注入するのであるな。逆に言えば、大量の魔力を卵に込めなければ、いくら温めても卵は孵らないのであるな。その代わり長い年月を卵のまま生きることも可能なのであるな」

上位竜の卵を孵化させるには、大量の魔力が必要なのか。

だから箱の中に入っていたこの卵は、孵化もせず、死にもせず、長い年月を封印されたまま生きていたわけだ。

「お詳しいのですね」

「我が輩、生物学は専門ではないのであるが、古い書物にはこのような情報が記載されているのであるな」

「ヘルムート王国では、属性竜の生態などまったくわかっていませんので」

リンガイア大陸だと、上位竜といえば属性竜だが、その生態はまったくわかっていない。

調べようにも、近づくと殺されてしまうから当然か。

学者たちが、魔物の領域の奥深くに行き、そこで属性竜を長期間観察するなど不可能というものであった。

魔族だからこそ得られた知識というわけだ。

「では、この卵はもう孵らないのですね。少し可哀想な気もします」

エリーゼは優しいから、この竜の卵が孵ることなく卵のまま生きていくことを可哀想だと思ったのであろう。

しかし、この卵が孵ると色々と面倒なので、このままでいいと俺は思うのだ。

「元の場所に戻さないか?」

「売れないかな?」

「誰が買うんだよ」

「ほら、大学の研究室とかがさ」

「そんな予算、少なくとも今の大学にはないのであるな。完全に予算不足であるな」

「そんなぁ……」

モールは、竜の卵を大学などの研究機関に売って少しでも金を得ようと提案したが、その方策はアーネストによって否定されてしまった。

その理由は、大学に金がないという、非常に世知辛いものであったが……。

「売れないんですか? アーネストさん?」

「奥方、この手の生物の資料は、どこの大学にも沢山あるのであるな」

「そうなのか?」

大学や研究所には、上位竜の卵が沢山あるというのか。

貴重な品なのでは？

「古（いにしえ）の戦闘的な魔族の部族の長、豪族、小国の王は、自らの力を誇示するため、竜を従え、乗りこなしたのであるな」

「いかにも魔族って感じだな」

ブランタークさんの感想に、俺たち人間は全員が納得して頷（うなず）いた。

魔族って、本来そういうイメージだものな。

「飛竜やワイバーンでは、率いる家臣や兵士たちに舐（な）められてしまうため、魔族の長たちはこぞって魔物の領域の奥深くに侵入し、上位竜、リンガイア大陸では属性竜というのが普通であるな、その卵を奪い、膨大な魔力を注ぎ込んで孵化させ、僕（しもべ）として従え、それに乗って戦場に出たのであるな」

容易にその光景が思い浮かぶ。

王は属性竜に、その配下たちは飛竜、ワイバーンに跨（またが）り戦場で相まみえる。

アニメや映画で再現したら、さぞや映えるであろう。

「そのため、意外と発掘で上位竜の卵の殻が出土するのであるな。どこの大学もかなりの量を持っているので、買い取ってもらえても非常に安いのであるな」

古いから学術的価値がないとは言わないだろうが、数があるので金にならないわけか。

「でも先生、これは生きている卵ですよ」

「同じことであるな。なにかの間違いで卵が孵ったら危険なので、当然穴を開けて中身を抜くのが常識なのであるな」

　サイラスが食い下がるも、アーネストは、どうせ孵化しないよう始末してしまうので、卵の殻と価値は変わらないとつけ加えた。

「先生、いくらくらいになるんですか？」

「せいぜい、二、三万エーンであるな」

「手間を考えたら……」

「その前に、モールたちには権利がないじゃないか」

「「ガァ――――ン！」」

　だから、さっきから俺がそう言っているのに。

「バウマイスター伯爵、この卵の子を殺してしまうのか？」

「ええと……まだそうと決まったわけでは……」

　俺たちの話を静かに聞いていた魔王様であったが、アーネストが卵の中身を抜くなんて言うものだから、涙目で俺に尋ねてきたのだ。

　可愛らしい少女にそんな表情で尋ねられたら……俺は……。

「俺は専門家じゃないからよくわからないんです。きっとアーネストが教えてくれますよ」

　俺は魔王様に恨まれるなんて役回りは嫌なので、言い出しっぺのアーネストに判断を押しつけてしまった。

「バウマイスター伯爵……酷いのであるな」

「お前が最初にそう言ったんだし、上に立つ人間は専門家の意見を聞きつつ自ら判断するという例を、魔王様にお教えしたまでです」

「アーネスト教授、この子を殺すのか？」

卵の中身を始末すると聞いた魔王様は、竜の子を殺すのかと目に涙を浮かべながらアーネストに尋ねた。

「ううっ……それは……であるな」

アーネストの意外な欠点を発見した。

まさか子供の涙に弱かったとは……。

きっと汚れきった大人なので、純真な子供に弱いのであろう。

「あくまでも、資料として大学なり研究所が所蔵する場合であるからして、この卵の中の竜の子は殺さないのであるな」

「よかったぁ」

魔王様が安堵(あんど)の表情を浮かべると、アーネストもそれに釣られるように『助かったぁ……』といった感じの表情を俺たちに見せた。

「で？　どうするんだ？　この卵」

エルは、俺たちに卵をどうするのかと尋ねてきた。

「余は、この子を僕にするぞ。古き良き時代の魔王を目指す余としては、上位の竜を従えなければならないのだから」

今の魔王様は、竜を従えて君臨したいというよりも、ペットとして子供の竜を飼いたいと強請(ねだ)っている感じが強いな。

「つまり、飼うってことかな？」

「むむっ！　余はこの子を立派な僕竜(しもべりゅう)に育てあげ、王としての威厳を世間に知らしめるつもりだ！　決して犬猫を可愛がるのとはわけが違うのだ！」

「そうですか……」

魔王様がエルに強く反論し、彼は困惑していた。

今は少女である魔王様にそこまで威厳を求めるのは、かなり無理があるとエルも思ったのだろう。

本人以外誰が見ても、ただ珍しいペットを欲しがっている子供にしか見えないのだから。

「しかしながら、卵が孵らなければ飼いようがないのである！」

「導師の言うとおりだな。それで、この卵はいったいいつ孵るのだ？　俺はそういうのには詳しくねえんだよ」

「えっ？　この卵を孵化させるのですか？」

導師もブランタークさんも、とんでもないことを言い出すな。

「駄目なのか？　バウマイスター伯爵よ」

駄目とは言わないけど……ああ、駄目かもしれない。

なにしろその卵は、犬猫じゃなくて竜の卵なのだから。

「魔族の国って、竜を飼っていいんですか？　法律的に」

リンガイア大陸だと、魔物や竜を飼ってはいけませんという法はない。

魔族の国ほど法の整備が進んでいないというのが一番の理由だが、なにより危険なので、そんなものを飼う人がいないというのが一番大きかった。

貴族の中には、見栄で飼ってみたいと思う人もいるはずだけど、現実には難しいと思う。

「余がそれを求めているのだ。王と竜。最高の組み合わせではないか。民たちも驚くぞ」

「でも、もし違法だと捕まってしまいますよ。学校の先生に怒られます」

魔王様が見事に国を打ち立てたあとなら好きにすればいいが、今はゾヌターク共和国の法を守らなければいけない立場なのだから。

「それは困るな。どうなのだ？」

「特に違法ではないですね」

法律のことなので、アーネストは――こいつはそもそも法を破って、出国しているからなぁ――あてにはならないか。

代わりに、宰相を自認するライラさんが答えてくれた。

「違法じゃないんだ」

「元から、竜の飼育を想定していないというのが正解です」

「昔の王は、自分で孵した竜を従えていたって言っていたよね？」

「バウマイスター伯爵、あくまでも昔の魔族の王は、です」

長く血塗られた戦乱が終わり、ゾヌターク王国の治世が続くと、徐々に魔族の王や貴族は竜を従えなくなってしまったそうだ。

「世の中が平和になり、さらにゾヌターク王国時代中期。王が自ら竜の卵を採取し、それを孵化させる手間と、竜は飼育するのになにかと費用がかかりますので……その……財政難等もあったそうで……」

ゾヌターク王国の統治が安定したので、竜で敵対者を威圧する必要がなくなった。

費用対効果が悪くなり、国家財政の悪化もあって、軍縮したようなものか……。

「長年、魔族は竜を従えておりません。よって、ゾヌターク共和国の法も竜の飼育を想定していないのです」

「なるほど」

その点は、リンガイア大陸もゾヌターク共和国も同じなのか。

「卵を孵すのはいいですが、ちゃんと最後まで面倒を見られますか？」

「エリーゼ？」

「残念ですが、ヘルムート王国にも無責任な方が多く、教会も頭を痛めているのです」

主に犬猫の話らしいが、飼い始めたのはいいが、すぐに飽きて捨ててしまう人が身分を問わず一定数いて、捨て犬、捨て猫の問題はヘルムート王国でも問題になっていた。

確かに、王都でよく捨て犬や捨て猫を見かけることがあるな。

「一度飼い始めたら、飼い主は最後まで責任を持たないといけません。陛下は覚悟をされているのですか？」

「覚悟か？」

「はい。必ず最後まで面倒を見るという覚悟です」

珍しく強い口調で魔王様に問い質すエリーゼ。

彼女は教会の奉仕活動で町に出ているため、無責任な飼い主に捨てられた犬猫を沢山見てきたのだろう。だからこその発言なのだと思う。

「ましてや、その卵は竜なのです。犬、猫よりも飼うのは大変だと思います」

「よく食べそう」

ヴィルマらしい一言だ。

小さい頃はともかく、竜が大きくなれば、さぞや沢山食べるだろう。

飼育場所も広くなければ駄目だろうし、竜一匹で下手な動物園より経費がかかりそうだ。

「竜なんて無責任に捨てられたら、被害が大きそうだからなぁ……」

エル、さすがに竜を捨てる奴は……いや、必ずしもいないという保証はないか。

「さすがに、竜を捨てたら犯罪だと思います」

「竜を捨てると、動物の遺棄に関する法律に引っかかるのであるな。罰金刑くらいであるが」

動物愛護の法に触れるが、そこまでの重罪でもないのか……。

捨てた竜が、町中で暴れないことを祈る……そもそも想定していないだろうけど。

「しかしよ、エリーゼの嬢ちゃん。竜の飼育に責任を持たなければいけないのは、そいつの寿命が尽きるまでじゃないか？　竜は数千年から数万年は生きるんだぜ」

「竜を飼うって、人間だとあり得ませんよね？」

少ない例としては、竜を捕らえて決闘に出そうとしたバカ公爵くらいか。

でもあれは飛竜だったし、別に飼う意図はなかっただろうからな。

「そうだな。俺たちからしたら、属性竜の生態どころか卵すら見たことがないんだから。飼うだなんて、想像だにできなかったな」

そう言われると確かに、俺たちって属性竜の成竜しか見たことがないんだよなぁ……。

卵とか子供の竜を見たことがないし、生態とか考えたこともなかった。

「ワイバーンと飛竜はともかく、人間が属性竜と呼ぶ上位竜は、リンガイア大陸ではまだ産卵も子育てもしていないはずなのであるな。なにしろ、あの大陸にいる上位竜は一万年前の大災害以降に、他の大陸から移り住んだのであるな」

「まだ産卵する年齢じゃないと？」

「人間は、たかだか数千年生きただけの竜を『老竜』扱いしているのであるが、それは大きな勘違いであるな」

「そうなのか？」

ブランタークさんたちのパーティが倒したのは、老火竜ってことになっていたからなぁ……。

まだ全然、年老いていなかったのか。

「だったらさ。この卵が孵ったとして、いったい何年生きるんだ？　責任持てる奴はいないだろう」

エルの言うとおりで、魔族でさえ生きて人間の三倍だから、犬猫みたいに竜が死ぬまで責任を持って飼えるわけがないのだ。

「ねえ、これまた埋めた方が無難じゃないかしら？」

「その前に、これいつ孵るの？　温めている間に陛下がお婆ちゃんになってしまうかも」

イーナは下手に卵を孵さず、そのまま地面に埋めてしまった方がいいかもと言い、ルイーゼはいつ卵は孵るんだろうという疑問を呈した。

「ただ卵を温めても、上位竜の卵を孵すことはできないのであるな。いかに大量の魔力を卵に注ぎ込むかなのであるな。母竜の代わりなのであるな」

上位竜クラスの魔力を一定期間卵に注ぎ込まないと、竜の卵は孵らない。

となると、魔族でないと難しいのか……。

人間で魔力が多い人が竜の卵を孵そうとしても、その前に寿命がきてしまうものな。

「古い資料によると、採取した上位竜の卵を孵すため、魔族の王は人生をかけるのであるな」

「人生を？」

「寿命が間に合わず、その子供が孵すケースもあるのであるな」

昔の魔族は、従える竜を孵すことに人生を賭けていたわけか。

わかりやすい力の象徴なので、自分の代で孵せなくても子孫が使役できればという考えなのであろう。

「魔族、妙に詳しいのである」

「人間でも、魔族でも、常に知識を貪欲に得ることが重要であるな。どこぞの脳筋には理解できないであろうな」

「うぬぬっ……竜がそこまで人間に懐くとは思えないのである！」

「卵が孵った瞬間こそが重要なのであるな。孵った子竜は、最初に見た者を親だと思うのであるな。ゆえに、孵る前の卵を命がけで親竜から奪ったのであるな。その際に多くの魔族が命を落としたと、古い資料には書かれているのであるな」

命がけで竜の卵を手に入れ、それを長い年月と大量の魔力で孵して従えたわけか。

「今の価値観に合わないよな？」

「そうであるな」

人間の貴族である俺と、魔族の学者であるアーネスト。

面倒のタネでしかないので、二人の考えはすぐに一致を見た。

「ライラさん、これはそのまま封印した方がいいって」

「そうですね……今の我々には過ぎたものでしょう」

「卵を孵せそうな時が来たら、掘り返して孵すという選択肢もありますね。ちゃんと飼えることを確認してからですが……」

「エリーゼ、そこは拘るんだね」

「あなた、無責任なのはよくないですよ」

「飼いきれなくて、竜の子供が捨てられでもしたら大騒ぎだからな」

「人間が孵した竜の扱いは難しいのであるな」

俺たち全員の意見が一致した。

今は、その竜の卵は地面に埋め直した方がいいと。

そして、ちゃんと竜を飼える余裕ができたら……本当にそんな時がくるかわからないけど。魔王様の寿命に間に合わないかもだけど……その時に掘り返して孵せばいいという結論だ。

「というわけですので、陛下、今は忍耐の時でございます……陛下？」

「おおっ、みんながアレコレ話をしている間に、試しに少し魔力を送ってみたら、卵に罅が入ってしまったのだ。楽しみだな」

「「「「「「「「……」」」」」」」」

「おいっ！　モール！」

俺は、魔王様の傍（そば）にいたモールたちにどうして止めなかったのだと文句を言った。

そこは空気を読んで、ちゃんと見張っておけと。

「俺？　サイラスもラムルも、別に魔王様が竜の卵を孵さないように見張っていろなんて言われてないもの」

「そうだよ。俺たちの仕事は、あくまでもバウマイスター伯爵のお手伝いなんだから」

「臨時雇いに成果を期待しすぎだよ。暗黒企業でもあるまいし」

「ううっ……」

ああ言えばこう言うだな。

これがゆとり世代……なんて考えてしまう俺は駄目な奴かもしれない。

とにかく、今は竜の卵だ！

「アーネスト、孵るのに時間がかかるんじゃなかったのか？」

「推察は容易にできるのであるな。なんらかの事情で、もうすぐ孵るはずだったこの卵を箱に封印し、地面に埋める必要があった。この卵は孵る寸前だったというわけであるな」

試しに魔王様が、少し魔力を送り込む程度で卵が孵ってしまうほどだったのに、俺たちはそれに気がつかなかったわけか。

「いよいよ孵るぞ」

こうなるともう早かった。

罅割れた竜の卵の上部が露出し、そこからまだ目が開かないピンク色の濡れた羽毛に包まれた竜の子供が顔を出したのだ。

「ヴェル、可愛いね」

「可愛いけど……」

これが本当に老火竜やあのグレードグランドになるのか？

というくらい、孵化した竜の子供は可愛らしかった。

大きさも、せいぜい五十センチくらいであろう。

「ミュウ、ミュウ」

「鳴き声は可愛いのである！」

導師のことだから、のちの厄介事を防ぐという理由で子竜の頭をねじ切るくらいしそうな気もしたが、さすがにここまで可愛いと手を出しにくいようだ。

「旦那、こんなに小さいと飛竜やワイバーンの子とそんなに変わらないな」

「色はピンク色だけどな。これって、なんの属性竜なんだ？」

「恐らく、火属性の竜だろうな」

「小さいから、まだ完全に赤くなくてピンク色ってことですか？」

「だと思うんだよなぁ……魔力の反応が、俺が前に倒した老火竜に似ているしな」

ブランタークさんは魔力の探知能力に長けているから、あながち間違った説ではないと思う。

この可愛らしいピンク色の子竜が、真っ赤な火属性の竜になるのか。

「ヴェル様、目が開いてない」

「もうすぐ開くのかな？　開いた！」

ようやく卵から出てきた子竜は、暫く濡れた羽毛の毛繕いをしていたが、ひと段落すると閉じていた目を開いた。

そしてその正面には……魔王様が、やはり子竜を興味深そうに見ていた。

「ミュウ、ミュウ」

「可愛いの。そなたは、余の僕だぞ」

「ミュウミュウ！」

魔王様の言葉を理解したのか、子竜は生まれたばかりなのに、ピンク色の羽毛に包まれた羽を動かし、嬉しそうに魔王様の周囲を飛び回ってから、彼女の腕の中に収まった。

「ミュウミュウ」

「こら、そんなに余の顔を舐めるな。くすぐったいではないか」

子竜は、魔王様をよほど気に入ったようだ。

彼女の顔を舐め続けていた。

「なあアーネスト、これって……」

ヒヨコは、生まれて最初に見たものを親と思ってしまう。

日本では比較的よく聞く豆知識であった。

「まさにそれであるな。先ほど説明したように、子竜は最初に見た陛下を親と思ったのであるな」

「そうなんだ……そうだよな……」

この子竜を始末する……のは可哀想でできないし、なによりこれが将来属性竜になるとはとうてい思えないほどの可愛さであった。

さっき厳しいことを言っていたエリーゼですら、ピンク色の羽毛でフワフワな子竜を見て目を輝かせていたのだから。

「あなた、この子はとても可愛いですね」

「エリーゼ、抱くとフワフワだぞ」

「よろしいのですか？　陛下」

「抱いてみるがいい」

子竜を魔王様から渡されたエリーゼは、さっき自分が言ったことを忘れたかのように、子竜を抱いて可愛がっていた。

「エリーゼ、次は私ね」

「ボクも！」

「可愛い、抱きたい！」

それにしても、この可愛さは反則だと思う。

イーナも、ルイーゼも、ヴィルマも、女性陣全員が子竜を交替で抱いて楽しんでいた。

「心が癒されますわね」

「そうよな。大きくならねばいいのだが」

「ヴェル君も、小さい頃は可愛かったのを思い出すわ」

「可愛いなぁ、ほら姉御」

「ルミさんもどうぞ」

「この可愛さは反則っすね」

「エルさん、この子とても可愛いですよ」

みんな順番に子竜を抱くが、どういうわけか子竜はとても大人しかった。

女性が好きなのであろうか？

「子竜を抱く魔王様……」

「実にいい」

「尊い……」

「そうか。竜を従える余に威厳が出た証拠だな」

魔王様、モールたちが言いたいことは、そういうことではないと思います。

美少女と、フワフワなピンク色の小さな竜の組み合わせが、その方面の趣味を持つ方々のアンテナに引っかかったのだと。

少なくとも威厳はまったくないはず。

「シュークリームよ！　余とお主で、古きよき、そして新しいゾヌターク王国を復活させようぞ」

「ミュウミュウ」

魔王様の言っていることを理解したのか？

子竜は、彼女の宣言に反応して鳴いた。

多分、偶然だと思うけど……それよりも、一つ気になったことがあった。

「陛下、もしかしてシュークリームとは、その子竜の名前ですか？」

「そうだ。余はシュークリームが大好きなので、この子のことも同じくらい好きになりたいという願いを込めてだ。いかに僕とはいえ、余はこの子を可愛がるつもりだ。シュークリーム、お主は食べ物はなにが好きなのだ？　食事を用意しなければな」

「（シュークリームって……ネーミングセンスが……）」

「（エル、しぃ―――！）」

魔王様のネーミングセンスが微妙なことには、全員が気がついている。

だけど、それを指摘するのは……悪いことをしているような気がするので、決してしてはいけないのだ。

それに子竜自身は、自分の『シュークリーム』という名前に不満はないようだ。

のん気に毛繕いを再開していた。


なお、なし崩し的に子竜が魔王様の僕（ペット）になってしまい、あとでそれを思い出して大慌てとなったが、時はすでに遅し。

魔王様から気に入った子竜を取り上げるわけにもいかず、シュークリームは魔王様のペットとして次第に認知されるようになったのであった。

第三話　竜と子犬

「おっ！　かかったな！」

「釣れた」

「ボクも釣れた！」

「シュークリーム、よかったな。魚が沢山食べられるぞ」

「陛下、その名前なんとかしない？　その子、属性竜になるんでしょう？」

「我ら魔族が言うところの上位竜になるが、この子は余の可愛（かわい）い僕（しもべ）なのだ。上位竜は怖いという世間のイメージを余が払拭（ふっしょく）しようではないか。なあ、シュークリーム」

「ミュウミュウ」

「ようし、釣ったお魚をあげるからな」


早朝、魔導飛行船を停泊させている湖でみんなで釣りをしていた。

様々な偶然が重なり、魔王様が孵化（ふか）させてしまった属性竜の子供であったが、彼？　彼女？　は、魔王様を気に入ったようで、彼女の傍（そば）を離れない。

アーネストによると、生まれて最初に見たものを親と思う習性はヒヨコとまったく同じらしい。

だが、属性竜はとても長生きする。

魔王様の死後大丈夫なのかと尋ねたら、人間が孵（かえ）した属性竜はその子孫にも懐くそうだ。

だからこそ、昔の魔族の王は何代かけても属性竜を僕にしようと命をかけたというわけだ。

『ぶっちゃけ、昔の魔族の部族なり豪族、王族が後継者争いを始めた時、一族なり王家が所持していた上位竜が懐いたという理由で後継者争いに勝利できた、という事例ばかりなのであるな』

属性竜が味方するのだから、そいつが勝利して当然か。

この子竜も、魔王様の子供、孫に懐き、ゾヌターク王国の守り神に……なるのか？

「どちらかというと、マスコットですわね」

「カタリーナよ。この子は偉大な僕ゆえに、大きくなるのに少し時間がかかるのだ。お魚だな。待っていてくれよ」

魔王様は、ヴィルマから受け取った魚をシュークリーム……変な名前……に与えようとした。

「陛下、魚は頭の方からあげた方がいいですよ」

「前に学校の遠足で水族館に行ったら、サーペントのショーで飼育員のお姉さんが魚を頭からあげていたな。ノドに引っかからないようにであろう？」

「そうです」

「バウマイスター伯爵はよく気がつく。ほうら、魚だぞ」

シュークリームは、魔王様から貰(もら)った魚をひと飲みにした。

それにしても、あのサーペントを飼育してショーまでさせるのだから、魔族は侮れないよな。

「ミュウミュウ」

「まだ欲しいのか？　早く大きくなれよ」

「現実問題として、この竜ってどのくらいで大きくなるんだ？　アーネストさん」

同じく釣りをしているカチヤが、やはり隣で釣りをしているアーネストに、シュークリームがどのくらいで成竜になるのかを尋ねた。

「どうせわからないのである！」

導師の茶々を無視してアーネストが答える。

「いや、何代もかけて苦労して僕にした属性竜であるな。魔族の王は自らの偉業を書物に残す傾向があり、属性竜の飼育日記的なものはいくつも見ているのであるな」

さすがは考古学者。

古い資料があれば、必ず目を通すわけか。

「属性竜の成長はとても遅いのであるな。完全な成竜となるまでには、およそ千年はかかるのであるな」

「それは随分と先の長い話だな。あたいたちは誰も生きていねえ」

「魔族もであるな。少なくとも陛下が存命のうちにその竜が大きくなることはないのであるな」

魔王様の残り寿命は、長くて三百年。

その間、この子竜はほとんど大きくならないのか……。

「なら、今のところは問題ないかの」

「問題の先送りとも言えますが、確かに私たちには関係ないですね」

大人であるテレーゼとリサは、シュークリームをこのまま飼育しても、今のところは問題ないだろうとの結論に至っていた。

今の大きさなら、特に危なくもないからな。

しかも、反則的なまでに可愛いときた。

女性ウケが半端ではないし、多分大丈夫だろう。

「そういえば、ルミさんはシュークリームの写真を撮りませんね」

エルは、新聞記者であるルミなら大喜びでシュークリームの写真を撮って記事にするはずだと思っていたのに、それをしないのが不思議なようだ。

「いやだって、もし新聞に載せて処分しろなんて意見がきて、世論が沸騰したら嫌っすよぉ――！」

「シュークリーム、人気あるなぁ……」

その証拠とまでは言えないが、朝食の支度をしているエリーゼ、イーナ、アマーリエ義姉さん以外は、せっせと魚を釣ってシュークリームに与えていたのだから。

なお、ブランタークさんは二日酔いでまだ寝ていた。

もうそろそろ日常に戻らないと、ブランタークさんが社会復帰できないかも。

導師は……このおっさんは、血流がいいのか、体温が高いのか、毎日早起きでもまったく辛くないそうだ。

羨ましい体質をしていると思う。

「町中を連れて歩かなければ、問題ないんじゃないっすか？　農村にいる分には、この辺の土地は放棄地扱いで、どうせ警備隊も役人も見回りになんて来ませんから。魔王様は学校があるので、問題はシュークリームが彼女から離れて暮らせるかどうかっすけど」

「シュークリーム、なるべく村には来るようにするから、大人しく余を待てるよな？」

「ミュウミュウ」

「そうか。シュークリームはいい子だな」

俺たちには『ミュウミュウ』と鳴いているようにしか聞こえなかったが、魔王様にはシュークリームの言いたいことがわかったようだ。

どういう仕組みなんだろう？

「うぬ！　これは！」

導師の竿が大きくしなった。

シュークリームが食べる魚なので、湖に多数生息する小さなハヤとかウグイみたいな魚を釣っていたのだけど、導師の竿にかかったのは大きなニジマスのような魚であった。

「うおっ！　これは食べると美味そうである！」

「導師、その仕掛けでよく切れませんでしたね」

「バウマイスター伯爵、腕の差なのである！　これも焼いて食うと美味そう……のほぉ――――！なのである！」

五十センチを超えるニジマスみたいな魚であったが、なんとシュークリームが大口を開けながら一気に丸呑みしてしまった。

「凄い」

「よく自分と同じ大きさの魚をひと飲みできるよな」

これにはエルばかりか、ヴィルマも驚いていた。

「ミュウミュウ」

「もうお腹いっぱいか。よかったな、シュークリームよ」

「陛下、その子竜の言葉がわかるのですか？」

「なんとなくだがな。この子はいい僕となるぞ」

僕かぁ……その子竜は、陛下が亡くなったあとでないと大きくならないけど。

「ぬぉ――――！　某の魚！」

「導師、いい年してみっともないですよ」

あまりに子供っぽかったので、俺はつい導師に注意をしてしまった。

「食い物の恨みは恐ろしいのである！」

「しょうがないじゃないですか。相手は子供なんだから。欲しければまた釣ればいいんですよ」

さっき釣りの腕前を自慢していたからな。

是非二匹目を釣ってほしい。

「またあの魚を釣るのである！」

導師は気合を入れてニジマスモドキの二匹目を狙ったが、結局釣れずに、朝食の席でしょんぼりしながら、それでも朝食を貪り食べていたのであった。

＊　＊　＊

「ミュウミュウ」

「可愛いけど、町中の家で飼うのは難しいと思いますよ。いくら小さくても竜なので。ライラさんもそう思うでしょう？」

「そうですね……ゾヌタータ王国復活のシンボルとしては有用なのですが……」

もう二、三日で滞在先のホテルに戻る予定の俺たちが、どうして魔王様が孵してしまった子竜のことを考えなければいけないんだろう？

しかし、とにかく今は、この子竜をどうするかである。

結論が出ないうちに話し合いの内容が漏れると、魔王様の機嫌が……というか、子竜と離れるのが嫌で泣かれると困るので、彼女のいない場所での話し合いとなっていた。

犬を拾ってきて飼いたいと言う小学生が、大人たちに反対されて泣く。

ありそうな話であり、ライラさんもそれは避けたいようだ。

「結局のところさぁ、農村で飼うしかないんじゃないかな？　町中で飼うとなにかと目立つし、周囲をざわつかせるかも」

「そうそう。最悪通報されるかも。別に飼育が違法というわけではないけど、小さくても竜だからさ」

「騒ぎを起こさない方が賢明だよね」

モールたちは、魔王様がシュークリームを町中で飼うことに反対した。

再生中の農村なら、外部の目もないので大丈夫なのではないかという意見なのだ。

「後輩たちは、珍しく正論っすね」

「先輩、それは酷（ひど）いっすよ」

「そういうことを言うから、先輩には彼氏ができないんですよ」

「陛下のような可憐さがない」

「言いたい放題っすね。レディーに失礼っすよ」

確かに酷いと思うが、ルミも人のことは言えないので仕方がない。

「しかし、その子竜を陛下と引き離すのは得策ではないのであるな」

「どうしてだ？　アーネスト」

俺は、アーネストにその理由を尋ねた。

「古い資料にあるのであるな。古の魔族の王は、常に子竜を傍に置き、その魔力に触れさせたのであるな」

「魔力を覚えさせるためか」

「ブランターク殿の言うとおりであるな。人間は気がついていないようであるが、魔力は血の繋がりがあるとよく質が似るのであるな。なるべく長時間傍に置いて、一族の魔力を覚えさせるのであるな」

だから魔族が孵した子竜を数代かけて飼育すると、その一族に懐くようになるのか。

「つまり、陛下から離してはいけないのですね」

「無理に親竜から盗んで離したのだから、責任を持って育てるのが筋であるな」

となると、陛下とシュークリームを引き離すわけにはいかないのか。

「どうしようかな？」

「犬に見えないかなぁ？　首輪とリードをつけて誤魔化せば大丈夫かも」

「見えるか！」

エルの目は節穴か？

ピンク色の羽毛に覆われた犬なんているわけがないというのに……しかも鳴き声が『ミュウミュウ』なのだ。

たとえ小さくてヌイグルミみたいでも、シュークリームは竜以外の何者でもなかった。

「ヴェル、魔道具で変装させられないの？」

「あっ！　待てよ！」

俺は、魔法の袋から地味な首輪を取り出した。

「ヴェル、それは？」

「師匠が残した謎の魔道具だ」

今でも定期的に師匠の遺産を整理しているのだけど、たまに『それはどこで手に入れたんだ？』という魔道具が交じっていた。

これもその一つで、これを誰かの首につけて魔力を込めながら生き物を想像すると、首輪をつけられた対象がその生物に変身してしまうという、謎の魔道具であった。

「そのような魔道具、どういう意図で使われたのでしょうか？」

ペットが欲しい人向けとか？

人間をペットにする……危ない性格や性癖のある人向けとか？

意外と純情なカタリーナには理解できない世界だろうな。

「これを対象の首にですか」

「面白そう、えい」

「こら！　ルイーゼ！」

子竜に首輪をつけるはずだったのに、どうして俺の首に！

「これ、やっぱり魔道具だな」

あきらかに俺の首には合わないサイズだったのに、俺の首につけようとしたら大きく広がり、首にピッタリなサイズに縮んだのだから。

「ルイーゼ！　すぐに外せ……わっ！」

俺の首にピッタリと首輪が装着されてから数秒後、白い煙が上がりだし、俺の視界が一気に低く……低く……。

「ワンワン！（ルイーゼに見下ろされているじゃないか！）」

ということはもしかして、この首輪が作動してしまったのか。

俺はなんの生物に？

「ワンワン（ルイーゼ）！」

「うわぁ、本当にヴェルが犬になっちゃった。かなり疑っていたのに」

「可愛いですけど……。ルイーゼさん、遊んでいる場合ではありません」

「ごめん、ちょっと半信半疑だったんだよ。外すね、ヴェル」

カタリーナに叱（しか）られたルイーゼが俺の首に嵌（は）まっている首輪を外そうとすると、意外にもすぐに取れてしまった。

某ＲＰＧの呪いの武具のように、首から取れないということはないようだ。

「でも、元に戻りませんね」

「本当だ！　外すと人間に戻るんじゃないのか？」

「お館様、鏡をどうぞ」

ハルカが鏡で、俺の姿を映してくれた。

「ワンワン！（俺、本当に子犬になってしまった！）」

「可愛いですね」

「ワンワン！（しかも子犬じゃないか！）」

ルイーゼの好みかもしれないが、俺は柴犬によく似た子犬になっていた。

師匠の魔道具のせいで動物になってしまったことは……何度かあったな。

遺跡の罠のせいで、子供になってしまったこともあるし……。

今回もそうだが、俺の運勢っていったいどうなっているんだ？

「ふうむ。そんなに心配いらないのであるな」

ルイーゼから受け取った首輪を見たアーネストは、俺が子犬になったというのに心配無用だと断言した。

「首輪を外してしまったので、魔力が切れれば元に戻るのであるな。一日もすれば元に戻るはずなのであるな」

「……（俺は、今日は一日子犬かい！）」

俺って、どうしてこんな目に遭うんだろう？

今度、教会にお祓いに行こうかな？

「とにかく、魔道具に効果があってよかったじゃないか。早速、あの子竜を犬に化けさせるのであるな」

「無事に解決してよかったな」

「ブランターク殿の言うとおりである！」

「ワンワン！（俺はどうなるんだよぉ――――！）」

魔王様の竜の件は、魔道具で犬に変身させられることが判明したのですぐに解決したが、代わりに俺は今日一日を犬として過ごさなければいけなくなった。

こんな理不尽……。

「ヴェル、冗談だったんだけど、ごめんね。代わりにボクが可愛がってあげるから」

「ワンワン！（俺を抱きかかえるな！）」

「子犬だから可愛いわね」

「イーナさん、次は私に抱かせてください」

「ヴェル様、なでなで」

「ワンワン（子竜の件は解決したんだから、向こうを可愛がってくれ！）」

「こうなってしまうと、ヴェンデリンさんも可愛いですわね」

「肉食べるかな？」

「カチヤ、生肉はよくないぞ」

「だって、犬じゃん」

「犬に変身しているというだけで、旦那様は人間ですから」

「ワンワン！（当たり前だぁ――――！）」

「今日のお館様の食事は、犬用でいいのでしょうか？」

「人間用だと上手(うま)く食べられないかもしれないわね。平皿に入れてみようかしら」

「それがいいですね、アマーリエさん」

あのぅ、俺のことはどうでもいいとは言わないけど、他にももっと問題が残っていて……今すぐどうこうできるものではないけど。

俺を交替で抱いて遊んでいる場合じゃないって！

＊　＊　＊

「なるほど。バウマイスター伯爵ですら、こんなに可愛くなってしまうのだな。シュークリーム、いいものを着けてやるぞ」

「ミュウミュウ？」

「おおっ！　本当にシュークリームが犬になったぞ！」

さすがは師匠譲りの魔道具。

早速シュークリームの首に装着してみたら、俺と同じく子犬になってしまった。

それはいいのだけど……。

「ミュウミュウ」

「シュークリームさん、犬はミュウミュウって鳴きませんよ」

「ミュウミュウ？」

「駄目みたいですね」

エリーゼ、そいつはあくまでも竜なんだ。

いくら魔道具で変身させても、ワンワンとは鳴かないと思う。

説得しても無駄なのに、エリーゼも意外と天然な部分があるというか……。

あれ？

じゃあ、なんで俺は喋れなくなってしまったんだ？

師匠の残した魔道具には、意味不明なものが多いな。

「引き続き可愛いけど、毛の色もピンクのままだね。ピンクの犬って、ボク見たことがないや」

「あたいもないなぁ……テレーゼ、帝国の皇宮にいなかったのか？」

「いるわけなかろう。多少目立つがまあ仕方がない。見た目は犬なので、これなら大丈夫であろう。

鳴き声に関しては、普段は鳴かせないように躾ければいいのだから」

「よかったな、シュークリーム」

「ミュウミュウ」

これで一緒にいられると、嬉しそうにシュークリームを抱く魔王様。

美少女と可愛い子犬の図である。

「いいねぇ……実に素晴らしい」

「ファンがつきそう」

「実に尊い……」

モールたちは、子犬になったシュークリームを抱く魔王様を見て、悟りを開いたような表情を浮かべていた。

臣民からの支持？

カリスマ性はあるのかもしれない。

「それにしても、バウマイスター伯爵も可愛くなってしまったな。魔道具による変身とは言うが、本物の子犬と同じように軽いぞ」

「ワンワン（うっ、抗えぬ……）」

シュークリームに続き、俺も魔王様に抱かれてその胸に収まってしまった。

……まだ胸の感触はないいな。

「羨ましいなぁ」

「俺も使うか？　首輪を」

「なるほど！　その手があったか！」

「お前ら、騒ぎを大きくするなよ」

モールたちは、魔王様に抱かれている俺が羨ましいらしい。

自分たちも首輪を使おうか悩んでいたが、エルに釘を刺されてしまった。

「そうだ。シュークリームに犬らしい行動を教えなければ。シュークリーム、犬は魔法で浮かばぬのだぞ」

「ミュウミュウ」

どうやらこの魔道具は、元の能力はそのままのようだ。

せっかく子犬に変身したのに、シュークリームはこれまでの癖で宙に浮かんでしまって魔王様に注意されていた。

町中で暮らす以上、犬らしい行動を心掛けてもらわなければ。

「ヴェル、シュークリームに犬とはなんたるかを教えてやったら？」

「ワンワン！（別に俺は、犬に詳しいわけじゃない！）」

こうなると、喋れないのがもどかしい。

変身して、犬の声帯になってしまったからであろうか？

「どうせ今日一日は犬のままだしな」

「することもないのである！」

「ワンワン（他人事だからって……）」

ブランタークさんも導師も、酷い言いようだな。

ええい、こうなったら、もう乗りかかった船だ。

シュークリームに犬らしさを教えてやるとするか。


「お手！」

「ワン！」

「おかわり！」

「ワン！」

「お座り！」

「ワン！」

「伏せ！」

「ワン！」

「おおっ！　全部できて凄いな」

「ワンワン（当たり前なんだけどなぁ……）」


無事魔道具で犬に変身したシュークリームが町中で暮らせるよう、俺が犬としての見本を見せてあげることにした。

まずは魔王様と散歩をして、犬の歩き方、走り方をシュークリームに見せ、実演もさせる。

幸い覚えはいいようで、すぐに犬らしく走ったり歩いたりできるようになった。

続いては犬の基本、お手、おかわり、お座り、伏せなどを教えていく。

魔族の国ではちゃんと躾けていない犬は批判の対象らしいので、最低限このくらいはできるようにならないと。

そうでなくても、ピンク色の犬なんて目立つのだから。

「シュークリーム、お手！」

「……」

「ワン！（こうするんだ！）」

俺はもう一度、お手本としてシュークリームに完璧なお手を披露した。

「ワン！（やってみるんだ！）」

「ミュウミュウ」

「ワン！（それでいいんだ！）」

「シュークリームは覚えがいいな」

なかなか覚えなかったらどうしようかと思ったが、属性竜の子なので頭はいいのだと思うことにしよう。

おかわり、お座り、伏せも、何度かお手本を見せてからシュークリームに実演させる。

「こんなものかの」

「ワン！（このくらいできれば十分だろう）」

「「「「あ――――ははは っ！」」」」

「ワン！（ムカッ！）」

人が一生懸命にやっているのに、男性陣は俺を見て大爆笑していた。

あんまりといえばあんまりなので、その辺の土を集めてから風で飛ばす『土嵐』で仕返しをしておいた。

「おっと」

「甘いのである！」

「そんなことだろうと思ったぜ」

「ぷへっ！　目に入った！」

「バウマイスター伯爵、幼稚だぞ！」

「そうだ！　そうだ！」

残念ながら、ブランタークさん、導師、エルにはかわされてしまったか。

モールたちは完全に実戦不足だろうな。

魔法で飛ばした土埃をもろに食らっていた。

「ワン！（あとは、不用意に飛ばないように教えないと）」

「確かに犬は飛ばぬからな。よく言い聞かせよう」

「ワン？（俺の言っていることがわかるのか？）」

「だいたいわかるぞ。シュークリームが世話になった。バウマイスター伯爵のおかげで助かったぞ。礼を言う」

「ワン（どういたしまして）」

魔王様に、竜や動物と話す能力があるというのか？

しかしながら、先日罠で獲った猪や鹿とは話せていない。

俺に魔力があるからか？

「（もしかしたら俺は、とんでもない力を持つ魔王をこの世に復活させようとしている？……それはないか。時代錯誤も甚だしい）」

魔王様は早速、犬の所作を覚えたシュークリームと楽しそうに遊んでいた。

彼女が一国の王になれるかどうかはわからないが、多くの魔族を幸せにできるかもしれない。

きっとこれでいいのだ。

……たぶん。

* * *

「ワン……（これは……）」

「今のあなたは、お箸もスプーンもフォークも使えませんし……」

「口の構造上、平たいお皿に料理を入れませんと」

「あと、犬だから熱いのは駄目だよね」

「まぜまぜ」


シュークリームの調教が終わり、昼食の時間になったのだけど、俺の食事はシュークリームとまったく同じものであった。

焼いた肉を冷まし、平皿に入れたものだったのだ。

「ワン（味薄っ！　昔の実家か！）」

俺は犬に変身しているが、味覚は人間のままだった。

そんな俺に、ペット用の薄味な食事は辛い。

無理に犬用にしなくても、人間と同じものでいいじゃないか。

「たった一日でも犬ですから、味が濃いものを食べると不健康ですよ」

「バウマイスター伯爵、もっと欲しいのか？」

「ワン（薄味のはいらない……）」

「犬も大変なのだな。勉強になったぞ」

「さすがは陛下、一を聞いて十を知るですね」

「……」

おかしいな？

俺は外交特使だったはずなのに、どうして今日は犬なんだ？

そして、このやるせない気持ちをどうしたらいいのであろうか？

アーネストの言っていたとおり、俺の犬化は一日で解除されたが、それから丸二日。

俺はどこか釈然としない気持ちのまま、予定の日まで魔王様たちとキャンプをして過ごしたのであった。

＊　＊　＊

「バウマイスター伯爵さん、新聞を持ってきたっすよ」

農村の見学とキャンプが終わり、町に戻った翌日。

新聞記者であるルミが、今日の分のエブリディジャーナルを持参してきた。

魔王様と宰相による王国復活運動……と思っているのは本人たちだけで、改めてルミが取材を行った農村再生運動の記事が書かれた新聞を持ってきてくれたのだ。

記事には、ゾヌターク共和国政府に放置されている俺たちが、その農村を表敬訪問したという記述もあった。

「これは、外交に当たるのかの？」

「そんなことを考えるアホはほとんどいないっすよ。第一、あの農村の人たちって、別に共和国の統治から外れたわけでもないですし」

ルミが笑いながら、テレーゼの問いに答えた。

独立を目指すと言っているのはあの二名だけであり、村民……現状は廃村という扱いなので正式な村民ではないのだが、彼らにも多少の現金収入があり、わずかだが納税もしている。

国を離脱しようとする人間がちゃんと納税をするとは思えないから、外部の人間が見ればただの農村再生運動にしか見えないというわけだ。

さらに言えば、俺たち外交特使の農村の視察も三日ほどで、あとはキャンプをして遊んでいただけ。

俺なんて丸一日、師匠が残した魔道具のせいで、犬になっていたからな。

こんな外交特使、前代未聞だと思う。

「それもそうかの。第一、防衛隊に勝てるはずもない」

武装すらしていないのだから当然だ。

俺たちについてきた防衛隊の人たちは、彼らになんら脅威を感じていなかった。

ただの農業従事者だと思っている。

逆に、農村の連中が食事を差し入れしようとしたら、『すいません、こういうものは決まりで受け取れないのです』と恐縮する有様であった。

ルミがいたから、賄賂だと思われたら困ると思ったのかもしれない。

『このくらいはいいような気もするんすが、先輩記者で喜々として防衛隊批判を始める人がいるから、警戒する気持ちは理解できるっす』

これがルミの言であり、全員を見たわけじゃないけど、防衛隊の面々は真面目な人が多いように思えた。

「ところで今日、バウマイスター伯爵領に戻るって聞いたっす」

「このままここにいても、なにも状況は変わらないからな」

妻と子供たちまで連れて親善外交モドキを行ってみたが、外交交渉の方は相変わらずだし、俺たちも最初は注目されたけど、あとは他の話題の方に夢中で相手にされなかった。

ゾヌターク共和国の国民は、基本的に外国に対してほとんど興味がない。

アーネストのような魔族は本当に特殊な存在だったわけだ。

「また陛下の命令で来るかもしれないけど、今度は『瞬間移動』ですぐに来られるから」

「羨ましいっすね。移動に時間がかからないって」

魔族で『瞬間移動』が使える人間はいない。

その代わりに魔導技術を用いた乗り物が進化しているのだから、俺は魔族の方が進んでいると思うのだが。

「バウマイスター伯爵、俺たちはお役御免？」

「連れていくわけにはいかないからさ」

モールたちは外国の人間……魔族だ。

アーネストは陛下が黙認しているからいいけど、モールたちまで連れて帰ると色々と問題になりそうだからな。

「約束の日当に、一時金で色をつけるからさ」

「初めて働いて金を貰ったのに、非正規で短期！」

「うぉ―――！　新卒キップを逃した俺たちに正社員への道はないのか？」

「この世の、なんと残酷なことか！」

三人の話を聞いてると、俺の心は次第に寒くなってきた。

まさか、魔族の国で就職残酷物語を聞くとは……。

「あのぅ……魔王様の農村で働けばいいのでは？　あそこなら、発掘などもできるかもしれませんよ」

見かねたリサが、先週出かけた農村で働けばいいと意見を述べた。

「その手があったか！」

「希望者は受け入れるって言っていたよな」

「あそこなら、結婚できるかも！」

リサの助言により気力を取り戻したモールたちは、未来への展望が開けたと、三人ともテンションをあげていた。

「「「ライラさぁ―――ん！」」」

ライラさんか……。

綺麗な人だけど、はたしてモールたちに可能性はあるのだろうか？

「そうだ！　彼女を上手く補佐できれば！」

「いける！」

「お前らには負けん！　ライラさぁ――――ん！」

三人は俺から報酬を貰うと、ライラさんの元へと駆け出した。

「ようやく、不肖の教え子たちが就職したのであるな」

ホテルをチェックアウトした俺たちは自分たちの魔導飛行船に搭乗し、暫し滞在したゾヌターク王国を後にする。

だが、両国の交渉はいまだにその糸口すら掴めていなかった。

＊　＊　＊

「エリザベートさんが提出したノートを見させてもらいました。とてもよく書かれていますし、大変勉強になったようですね。また今日から、頑張ってお勉強しましょうね」

「はい、フランソワ先生！」

「日記に可愛いワンちゃんも書かれていますが、飼い始めたのですか？」

「シュークリームという名前です」

「可愛らしいお名前ですね。では、授業を始めます」

農村の視察に、キャンプ、竜を僕とし、他国の大貴族であるバウマイスター伯爵とも懇意になれた。

この成果を基礎として、余の王道は始まるのだ！

フランソワ先生の授業は一週間ぶりなので、ちゃんと聞いてノートを取らなければな。

第四話　やはり魔法はあまり関係なかった

「ブラントー閣下！　この新聞記事をご覧になられましたか？」

「まだ見ていないが、それがなにか？」


突如、大型魔導飛行船をこちらに送り出し、挙句に領空侵犯を警告した防衛艦に魔法を放ったヘルムート王国との交渉が上手(うま)くいっていない。

事件の一週間前に政権交代をしたばかりで政府が混乱しており、この事件がその混乱にさらに拍車をかけた形となった。

それでも官僚たちの力を借りて民権党の連中もどうにか交渉を始めたようだが、話はなにも進んでいなかった。

歯痒(はがゆ)いが、今の我々は野党でなんの権限もない。

世論とマスコミの受けを狙って編成された交渉団が、こちらの予想どおり別の方向に張り切ってヘルムート王国を怒らせ、これに今の魔族社会の停滞を解消するため、リンガイア大陸への侵攻を唱えるおかしな連中も呼応しだしたのだから、これでは纏(まと)まる交渉も纏まるはずがない。

民権党はリベラルを売りにする政党のはずなのだが、所詮(しょせん)は寄合所帯。

今、私の目の前にいるようなおかしな連中もいる。

野党に転落したとはいえ、我々国権党も暇じゃないのだがな。

民権党が思った以上に素人の集まりであることに危機感を抱いた官僚たちから相談されたり、無駄とはわかっていても、民権党に政策を提案したりしているのだから。

まあ、民権党の連中は無駄にプライドだけは高いから、こちらの政策提案はほぼ無視されているが。

一部まともな議員たちは危機感を抱いているが、彼らは少数派で目立たない。

我ら国権党にもアホな議員は存在し、今、そのアホから会ってほしいと言われた人物と話をしている。

彼の名はオットー・ハインツ。病的なまでに痩せていて、ロマンスグレーの髪を七三に分けている男であった。

とても神経質そうで、ギョロッとした目で、常にあちこちを見回していた。

人と目を合わせるのが苦手なようで、これで政治団体のトップだというのだから凄い。

差し出されたヨレヨレの名刺には『世界征服同盟』と書かれており、この時点で私の心の中に警報が鳴り響いた。

聞いたこともない政治団体なので泡沫組織であろうが、こんな命名をしてしまう時点でちょっと近寄りたくない連中なのは明らかだ。

彼は先に『世界征服同盟』とやらの政治信条を説明したが、この男、話し始めると急に饒舌になるようだ。

だからといって演説が上手なわけでもなく、ただ単に自分が語る内容に自分で酔ってしまうタイプなのであろう。

世界征服と謳（うた）うのだから、彼はリンガイア大陸への進出を目論（もくろ）んでいる。

人間を征服して搾取すれば、無職の若者も待遇のいい仕事が得られるという至極簡単な理屈だ。

確かに、良心の呵責（かしゃく）に苛（さいな）まれなければいい政策だ。

その前に、それが可能な軍備を整えなければいけないがな。

無職の若者は、みんな軍人にしないといけない。

魔族も人口減少で人手不足だからな。

それで、大陸の領土がどの程度確保できるのかは未知数だが。

組織名に相応（ふさわ）しい主張だが、所詮は泡沫組織の戯言（たわごと）だ。

大体、わざわざ野党である国権党所属議員の私の元に来たのは、民権党が連合を組んでいるリベラル系の労働団体、市民団体、政治団体、人権団体に締め出されたからであろう。

あの連中は、いまだに未開な封建主義で国を治めるヘルムート王国とアーカート神聖帝国を打倒しろと言っているから、考えが合わないのは明白だ。

えっ？　同じじゃないかって？

我ら魔族による侵略は悪でも、解放のための手助けなら正義だと言葉遊びができるのが、民権党と組んでいる連中なのだ。

国権党にも、彼らと協力している者たちが少なからずいるがね。

実は民権党にも、この世界征服同盟と同じことを主張している団体も複数存在する。

そういった団体からこいつらがどういう理由で除外されたのかは不明だが、あの手の組織は内部対立が華みたいな部分もある。

大方、極右団体同士の抗争で敗れたのであろう。

それと、この世界征服同盟だが、富裕層による富の独占についても批判しており、完全な極右組織というわけでもないようだ。

むしろ大資本家を批判しているから、極左勢力か？

どちらにしても、あまりお付き合いしたくない類の連中だ。

それでも、大きな組織なら嫌々でも付き合わねばならないこともあるのが政治家だ。

だが、こんな泡沫組織に気を使う必要はない。

なぜなら、こいつらでは選挙で票を稼げないからな。

「ついに魔王が、古の独裁政治復活に向けて動き出しましたぞ！」

「どこにそんな記事が書いてあるのだ？」

「ここに書いてあるじゃないですか！　閣下！」

オットーは、エブリディジャーナルの一記事を指差した。

一応、政治面である。

記述記者の名が署名してあるが、私は知らない名だ。

ベテラン政治家ともなると大物記者の名前は把握しているし、記事に手心を加えてもらうためにつき合いもあるからな。

きっと新人なのであろう。

記事の内容は、失業したり、今の効率第一の生活に嫌気が差した若者たちが、いくつかの廃村で農村の再生運動を行っているというものだ。

廃村のインフラを自分たちで修理しながら、自給自足の生活を送っている。

余った作物はこの活動に賛同している人たちに購入してもらい、生活費に当てているようだ。

ここで結婚し子供が産まれる夫婦もいて、今の課題は子供たちをどうやって学校に通わせるべきか……か。

悪い話ではないな。

いいじゃないか。

無職の若者たちが、新しい生き方を模索する。

生活が軌道に乗れば生活保護を出さないで済むし、若い集団なので結婚して子供が産まれる者たちも増えるだろう。

学校は、国権党が与党なら相談に乗ってもよかったのだがな。

「これの、なにが問題なのかな？」

「閣下！　この団体の代表はかつての魔王ですぞ！」

「魔王ねぇ……」

魔王とその一族が政権と国家財産を返納してから、一体何年経(た)っていると思うのだ。

今の魔王に力などないではないか。

この団体の代表になったのも、お飾りとしてなら有効だと団体の幹部たちが判断したからであろう。

今の魔王は幼い少女のようだな。

写真を見ると、将来美人になるであろうと予想できる。

いつの世も、組織のトップが美人だといい広告塔になるようだ。

もし彼らの活動が上手くいったら、国権党から選挙に出馬してもらうのもいい。

少なくとも、目の前のこいつよりはマシな政治家になるはずだ。

「彼らは危険です！」

「別に、武装しているわけでもあるまい？」

危険って……。

間違いなく、お前よりはマシであろう。

「農器具は武器になります！」

そりゃあなるが、そんな装備で防衛隊に勝てるはずがない。

こいつはなにを言っているのだ？

「反乱を起こす可能性もあります！　魔王とバウマイスター伯爵が接触しました！」

そうらしいな。

記事にそう書かれている。

「『今日の収穫を、ヘルムート王国からの客人であるバウマイスター伯爵と奥さんたちが手伝い、収穫後に調理された芋料理をみんなで楽しんだ』……収穫祭に遊びに行っただけでは？」

バウマイスター伯爵たちは、男女平等、民主主義の受け入れ、特定生物の狩猟の禁止など、ヘルムート王国に対して無茶な要求を出してくる我が国の政府に対抗すべく、送られてきたものと思われる。

バウマイスター伯爵自身も、この国の政治状況などをよく理解しているようだ。

自ら危険を顧みずに家族を引き連れ、どうにか融和ムードを作ろうと懸命に努力していた。

いい手だったとは思うが、バウマイスター伯爵は、我が国の国民たちの大半が外の世界にまったく興味を持っていないという点を読み違えたようだな。

すぐに飽きられ、話題にも上らなくなった。

おかしな興味を持っているのは、目の前のこいつと一部賛同者くらいであろう。

「彼らの意図は見えております！　魔王と結託して、この国で王政復古のクーデターを起こそうとしているのです！」

「はあ？」

いや、バウマイスター伯爵には防衛隊の護衛兼監視役がいるんだぞ。

もしそんなことを企(たくら)んでも、一瞬で見破られてしまう。

防衛隊の連中がなにも言ってこないということは、バウマイスター伯爵と魔王一行がただ純粋に交流をしているだけとしか見ていないからだ。

防衛隊にもミスがないとは言えないが、ただ騒いでいるお前たちよりは圧倒的に優秀だ。

少なくとも、胡散(うさん)臭いお前らよりは信じられる。

「貴殿は、見た目以上に想像力が豊かなようだな」

「想像ではありません！　この国に危機が訪れているのです！」

泡沫組織の特徴だな。

荒唐無稽なことを言い始め、それで世間からの注目を集めることで国民たちから支持を得ようとしている。

というか、この連中に活動資金を与えているのは誰だ？

リンガイア大陸での商売を目論む資本家連中か？

駄犬に、無駄な餌を与えるのはやめてほしいな。

「その可能性もゼロとは言わないが、まずは貿易や交流が始まってからの話だし、大分未来のことだと思うが……」

我が国の魔道具が大陸で販売されるようになれば、人間もそれを真似し始め、徐々に技術力が上がるかもしれず、人間が増えすぎて無人の土地に移民が送られるようになると、領土の蚕食が問題になるかもしれない。

非常に難しい問題だが、双方が接触してしまった以上は落としどころを探らないといけない。

クソッ！

こんな時に民権党が政権を取ってしまうとは！

現実的な対応ができないではないか！

「閣下の状況認識は少し甘いですな」

失礼な奴だな。

私はお前とは違って、少なくとも政治家の仕事はしてきたぞ。

お前のような自称政治団体トップの無職と一緒にするな！

「念のために警告しておくが、もし貴殿らが実力行使に出ようとしても無駄だからな」

防衛隊に阻止されて捕まるだけであろう。

今の政府はアレだが、基本的に防衛隊の連中はまともだからな。

魔王やバウマイスター伯爵一行に対し実力行使に出たとしても、阻止され逮捕されてしまうはずだ。

この目の前のバカは、外国から来ている公的な使者とその家族を排除しようと事を起こして、お咎（とが）めなしで済むと本気で思っているのであろうか？

「閣下……あなたには失望した。ここまで先を見通す目がないとは……」

先を見通す目？

それが、いまだにまともな仕事すらしたことがないお前にあるというのか？

「彼らは危険なのです。私はこの政治生命をかけて、彼らを排除しなければいけないのです！」

目の前のバカは、一人で自分の決意に酔っていた。

こいつを紹介したアホな同僚議員は切ることにしよう。

「あなたは、この選択を必ず後悔することになる！」

アホは勝手に怒って出ていってしまった。

無駄な時間を使ってしまった。

野党に転落したとはいえ、政治家は忙しいのに。

「そうだ。防衛隊に連絡しておくか。バウマイスター伯爵への攻撃を目論むアホがいると」

今まで魔族のみで生活していた社会に人間という異種族が現れ、我らの生活が大きく変化しようとしている。

その混乱の中では、あのような輩（やから）が出現してもおかしくないのか。

「世界征服同盟……構成員は十数名？　少ないなぁ……」

すぐに防衛隊に通報しておいたので、私はすぐに彼らのことを忘れてしまった。

人間への対応で色々と忙しかったからだ。

あのような泡沫組織など、いちいち覚えておく必要がなかったともいえる。

「両国の間で行われている外交交渉がまったく進まない状況はまずい。せめて交易と双方の移動に関する条約だけでも先に締結すればいいのに……クソッ！　民権党め！」

とにかく今は、両国間の、この外交交渉についての話が重要だ。

私は無駄になることが確実でも、民権党に提案する政策の取り纏めに再び没頭するのであった。

＊　＊　＊

「同志オットーよ。陳情の結果はどうであった？」

「同志ライムントよ。また駄目だった」

「クソッ！　この危機を理解できない無能め！　あれで国権党の重鎮とは……」

「同志ライムントよ。あのような男が政府中枢にいたから、国権党は政権与党の座から転落したのだ」

またも陳情に失敗した。

民権党の複数の政治家に続き、国権党の政治家相手でもこの様(ざま)だ。

我ら世界征服同盟に所蔵する副党首ライムントに経緯を報告すると、彼も悔しそうな表情を浮かべた。

「魔族は、大資本の搾取と行きすぎた老人優遇政策、少子高齢化で国が滅びつつある！　人間を未開だと侮っている連中も多いが、彼らは人口が多い。将来その数に押されて魔族が存亡の危機を迎えるとなぜ気がつかぬのだ！」

我らの考えに賛同し、先週は四十六名もの支持者が集まってくれたのに。

主催者発表は五百名にしておいたが、これは嘘ではない。

彼らは十名分以上のやる気をもって、この集会に参加してくれたのだから。

「我らは、大資本家連中からの不当な搾取のせいで貧困に喘ぎ、職もなく、わずかな生活保護で生かされている！　魔族の若者は結婚せず、子供も産まず。このままでは魔族は滅ぶのに、政府はなにも手を打たない。民権党の連中は、国権党の政治に失望している不満者たちの票を集めて政権を取ったが、あのような連中が物の役に立つとも思えん」

力を貸そうと政策を提案したのに無視しおって！

この世界征服同盟の党首オットーをなんだと思っているのだ！

「同志ライムントよ。他の党員たちはなにをしているのだ？」

「いつものように魔法の練習だ」

「それは素晴らしい」

進んだ魔道具の普及によって完全に廃れてしまった魔法だが、我々は魔法の復権も目指している。

魔族が人間よりも有利な点、それは誰もが魔法を使えることのはずだ。

それが、魔道具に魔力を供給できればいいなどと……。

魔族がその強みを捨ててどうする。

『攻撃魔法が他人に当たったらどうする？』

『子供が町中で魔法をぶっ放したら危険だ？』

そんなわけのわからない理屈で、多くの場所での魔法の練習を禁止しやがって！

だが、我らは違う。

この私、オットー・ハインツの下に集まった九名の仲間たちは、その時間の大半を魔法の練習に費やしている。

魔法は、魔族にとって必要不可欠なのだ。

古の時代に活躍した多くの偉大な魔法使いたち。

彼らは戦乱の世に、その強大な魔法で多くの戦果を得た。

魔族は本来の姿に立ち戻り、魔法を駆使して脅威である人間たちを征服する。

魔族一人あたり百名の人間を支配すれば、魔族は大きく発展できるはずだ。

働かなくても豊かな生活が送れ……いや、魔族がみな貴族となる。

身分差も収入差も少なくなり、結婚する者も子供を産む者も増えるであろう。

危険な人間を抑える効果もある。

誰もが幸せになれる素晴らしい政策なのに、民権党も国権党も我らを無視しやがる。

この天才である私をなんだと思っているのだ！

「同志ライムントよ。あとでみんなに話がある」

「わかった」

数時間後、私は魔法の練習を終えた同志たちを集めた。

彼らに話したいことがあったからだ。

「同志オットー、大分魔法の威力が上がったぞ」

「それはよかったな、同志レオンよ」

我ら世界征服同盟は、十名の精鋭と数名の支援要員によって運営されている。

みんな金に汚い大資本家連中や、その犬となっている政治家たちのせいで不遇な生活を送っているが、魔法の練習を始めたら表情が明るくなった。

やはり、魔族は魔法を使ってこそ光り輝く。

取得した魔法を駆使し、必ずや人間の国を征服するのだ。

それこそが、我ら魔族に相応しい生き方なのだから。

「同志オットーよ。陳情は与野党双方に無視されたと聞くが……」

「嘆かわしいことだよ。目の前にすべてを解決する妙案があるのに、人権だの、戦力だの、予算だのと。挙句の果てに人間と魔族の融和などと戯言を言って我々の政策を批判する。魔族の衰退を止められなかった政府に、自分たちさえよければいいと思っている資本家の豚ども。そしてその御用聞きをしているマスコミ連中！　あいつらの、自分のことしか考えない姿勢にはヘドが出る！」

綺麗(きれい)事を言いながら、魔族の若者たちから搾取し、その心を殺しているのはお前らではないか！

人間の人権？

そんなものは、我々が支配をすれば解決する。

我ら魔族がこの世界の支配者となり、人間を支配すれば終わる話なのだ。

「同志オットーよ。これからどうするのだ？」

「勿論（もちろん）、事を起こすが、それには時間がかかる」

「やはりそうか……」

なにしろ、民権党政権が成立したばかりだからな。

下手に焦ると、我々を警戒している防衛隊などに捕まりかねん。

「だが、民権党の連中は無能だ！　必ず防衛隊の足を引っ張るようになる！」

その時に、一気に事を起こすのだ。

「事を起こす？」

「我らは少数である。組織も決して大きくはない。だから、とにかく目立って、多くの賛同を得るのだ！」

「なにをするのだ？」

「決まっておろう。魔王とバウマイスター伯爵を暗殺する」

政府や国権党へのテロはまずい。

あいつらは自分が可愛（かわい）いから、自分たちを殺そうとした者には容赦はしない。

ところが、魔王とバウマイスター伯爵は違う。

魔王は今はなんの実権もないが、幼いながらも美しい少女だと聞く。

彼女が将来政界に進出したら？

自分の椅子が奪われるのではないかと、戦々恐々とする政治家共も多いはずだ。

バウマイスター伯爵に至っては、余所（よそ）の国の人間である。

この二人を殺せば、大きな知名度が得られる。

刑務所に四十年ほど入らねばならないが、この国では死刑制度が廃止されたからな。

必ず出所はできるのだ。

「バウマイスター伯爵を殺せば、その後ろにいるヘルムート王国が怒るはずだ。あとはちょっと刺激すれば戦争になる。戦争になれば、なし崩し的にリンガイア大陸に出兵が可能となろう。戦って勝利し、人間どもを支配すればいい」

「おおっ！　さすがは同志オットー」

「さすがだ！」

「我らが魔族の礎となるのですね」

我々の考えがなかなか認められないのは、お行儀がよく、自分たちだけが可愛い政府や大資本家、マスコミ連中のルールで動いているからだ。

そう、我々がそのルールを、枠組みをぶち壊し、新たな世界と秩序の切っ掛けとなるのだ！

「今は耐える時である！　必ず民権党のアホどもは防衛隊の牙を抜こうとする！　その時こそ、魔王とバウマイスター伯爵の最後なのだ」

別に、彼らに恨みがあるわけでもないがな。

我らのため、二人には死んでいただかねばならない。

「というわけで、私も魔法の練習に励むかな」

「おおっ！　同志オットーが！」

「バウマイスター伯爵は人間の間では高名な魔法使いだと聞くが、同志オットーには勝てまい」

私の魔力は、魔法のエリート一族であった魔王にも勝る。

必ずや二人を血祭りにあげ、私は新たな高みへと昇るのだ。

そう決意した私は、同志たちと共に今日も魔法の鍛錬に勤しむのであった。

＊　＊　＊

「……バウマイスター伯爵、魔族とゾヌターク共和国に関する報告書は読んだ。それにしても……」


自分たちなりに色々と努力してみたのだが、端的に言って俺たちの魔族の国訪問に意味があったとは思えない。

最初は、奥さんや子供たちを連れての登場だったので好意的な世論も多かったのだが、進まない両国の交渉に、魔族の他国に対する興味の薄さも手伝って、注目されなくなるまでさほど時間はかからなかった。

人の噂も七十五日というが、俺たちの話題は一ヵ月保たなかったな。

魔族という種族はあまりに長い期間、同種族だけで生きてきたので、人間に興味がある者が少ないのだと思う。

後半は特になにもすることがなく、辛うじて王家の血脈を保っている魔王様ご一行と遊んでいただけだ。

彼女たちが農村再生運動を進めていたので、そこで農作業を手伝ったり、収穫物を一緒に調理して食べたり、魔王様がフリードリヒたちの面倒を見たり、俺が魔王様に算数を教えてみたり。

政府に相手にされなくなったので、彼女たちとばかり一緒にいたというわけだ。

交渉が進まない以上、あまり長くゾヌターク共和国にいても意味はなく、俺たちは小型魔導飛行船でヘルムート王国に戻ってきた。

西部への出陣命令も、すでに終了となっている。

いまだ両国は交渉を続けているが、ホールミア辺境伯も、テラハレス諸島の基地の規模や敵の少なさから判断して、金がかかる動員を解除し、即応可能な少数精鋭部隊をサイリウスに配備するのみとなっていた。

交渉が長期化するのが確実な以上、あまり長く大軍を動員していたら、ホールミア辺境伯も他の貴族たちも破産してしまうからだ。

いまだに西部の準戦時体制は解かれていないが、ホールミア辺境伯としても一日でも早く平和になることを望んでいるはずだ。

俺もそれは望んでいるが、交渉のチグハグさは王宮でも問題になりつつあるようだ。

素直に魔族側の主張を受け入れると、ヘルムート王国という国が成り立たなくなるのだが、魔族側には妥協するという考えがなかった。

普通の政府なら進まない交渉に批判が集まるものだが、魔族は基本的に外国に興味がない。

大新聞社が政府に気を使って交渉に関する報道を控えるようになると、領空侵犯事件から始まった人間との接触にすぐに興味を失ってしまった。

たまに大本営発表的に、ゾヌターク共和国側は強気で交渉しているという記事が書かれ、それならいいと国民は満足してしまうそうだ。

『強気の交渉といえば聞こえはいいっすけど、ただ言いたいことを言っているだけともいえるっすね』

ゾヌターク共和国を出る時、見送りにきたルミが事情を説明してくれた。

交渉団には、人権団体のトップや、動物保護団体のトップがいる。

彼らはヘルムート王国における男女平等と民主主義の導入、狩猟の禁止などを条件に入れて引かない。

「彼らはなぜこうなのだ？」

「生活が豊かだからです」

「それにしては、人口が減少傾向なのか……わからぬ」

俺もよくわからないけど、人間って貧しい方が子沢山だったりするからな。

まともに育つか不安なので、沢山産むと聞いたことがある。

……地球もリンガイア大陸の人たちも同じ人間だから、似たようなところがあるよなぁ……。

「このまま粘り強く交渉を進めると、ユーバシャール外務卿は言っておった」

粘り強くねぇ……。

あの人は、内弁慶という欠点があるからなぁ……。

向こうに押されて、不平等条約でも結ばなければいいけど。

「外交に関わる者たちすべてに手伝わせておる。そういうことにはならないはずだ」

内乱があった帝国との交渉に続き、久々の大仕事というわけで、普段は暇そうな外務閥の貴族たちも積極的に手伝いに行っているそうで、つまりユーバシャール外務卿がポカをしても、他の者たちがカバーするシステムが出来上がったようだ。

その代わりに『船頭多くして船山に上る』のことわざどおり、なにも決まらないどころか、とんでもない方向に進む可能性もあるけど。

「交渉には時間がかかると覚悟しておる」

焦って不平等条約を結ぶよりは、なかなか決まらないで停滞していた方がマシという考えなのだろうな。

魔族側は国民に批判されるかもしれないけど、それをヘルムート王国側が気遣ってやる必要などないわけだ。

向こうの焦りは、こちらの得にもなる。

どうせ、狩猟、捕鯨の禁止、女性の社会進出、民主主義の導入など王国が受け入れるはずがない。

地球でも、纏まらない外交交渉など珍しくもなかったし、纏まらない以上は放置しておくのも手ではあるのだ。

「もう一つ、『リンガイア』とその乗組員たちの返還交渉についてだ」

「それは、ユーバシャール外務卿が交渉しているのでは？」

「これが上手くいっておらぬのだ」

「どうしてですか？」

この件は、俺もリンガイア乗組員たちから事情を聞いているが、副長の一人であるプラッテ伯爵の跡取りが、魔族の船に魔法をぶっ放させたことが発端のようだ。

ゾヌターク共和国防衛隊による事情聴取でも同じ結論に至っている。

その副長による暴走である以上、上官である艦長や空軍にも管理責任があるので謝罪する。

プラッテ伯爵の跡取りは命令違反なので、空軍で厳重に処罰する。

リンガイアと乗組員たちの拘留にかかった費用を王国が負担する。

これらの条件で手打ちにした方がいいと俺は思い、陛下もそのくらいでケリをつけた方がいいと思っていた。

ところが、ここでその条件は断固として呑めないと言い始めた人物がいる。

勿論、プラッテ伯爵だ。

『魔族という存在が王国を取り巻く状況を大きく一変させるかどうかの瀬戸際に、王国側が謝って魔族の風下に立つ必要があるのか？　それは危険だ！』

一見、正論を言っているように聞こえる……とは俺は思わない。

ようするに、プラッテ伯爵は跡取り息子が厳罰を受けてキャリアに傷がつくのを恐れているのだ。

プラッテ伯爵家は空軍司令官を世襲できる家柄であるが、さすがに他国でとはいえ厳罰を受けた人物を順当に出世させたり、司令官の職を回すわけにいかない。

跡取り息子を次のプラッテ伯爵家当主から外さなければいけない空気になるわけだが、どういうわけか彼はあのバカ息子を溺愛している。

だから国家のプライドなどということを言い出して、すぐに実現可能なリンガイア解放を邪魔していた。

俺からするとバカバカしい言い分なのだが、この意見、軍部と外務閥では一定の支持があるので解放交渉はまったく進んでいなかった。

「つまりプラッテ伯爵は、ヘルムート王国が謝るのはよくないと？」

「そう言っておるな」

プラッテ伯爵の言い分は、国家間の関係などを考慮すると必ずしも間違っているとは言えないんだよな。

だから王宮内にも支持者がいて、それがより問題を複雑化させている。

「どこか落としどころはないのですか？　乗組員たちの拘留が長期化してしまいますよ」

相手が人権を考慮する魔族の国なので、拘留された乗組員たちが虐待を受けているような事実はない。

それでも、長期の拘留となればストレスも溜まるはずだ。

「ご子息の拘留について、プラッテ伯爵はなんと言っているのです？」

「向こうの状況を知るために、先に奴だけ解放させようと抜かしておる」

なんだよ。

結局、自分の息子が可愛いだけじゃないか。

やっぱり、俺とプラッテ伯爵は致命的に合わないのだな。

その話を聞いたら、余計にあの親子が大嫌いになった。

「こういう場合って、彼が最後に解放されるのがいいと思いますけど」

建前としては、高貴な貴族が平民たちの解放を優先し、自分は最後まで残る。

高貴な者としての責務、ノブレス・オブリージュというやつだ。

実際に実践する貴族がいるかどうかは別として……あのバカ息子は俺にも自分だけ解放しろと迫ってきたから、確実に実践しない方の貴族なのであろう。

「そうじゃな。プラッテ伯爵の息子は最後に解放された方がいいであろう。たとえ、本人が嫌がろうとな」

陛下も、プラッテ伯爵のバカ息子が嫌いなようだ。

あんな奴を好きなのは、息子ラブの父親くらいであろう。

「ユーバシャール外務卿はどうお考えなのです？」

「あの男、外部からの圧力に弱い部分があるからの。プラッテ伯爵とその賛同者に突かれてオロオロしておる。ただ、プラッテ伯爵の子息だけを先に解放するという交渉は、逆に魔族側に舐められてしまう危険性があると、他の外務閥の貴族たちに言われて受け入れていないそうだ」

まあ、確実に足元を見られるだろうしな。

ヘルムート王国を支配する貴族たちは、我が身可愛さで身内だけエコヒイキすると思われてしまうだろうから。

「それもありますが、貴族の息子だけ先に解放すると、ヘルムート王国は傲慢な貴族が政治を壟断する国だと、魔族から思われてしまう可能性もあります」

「民主主義とやらか？　今、概要を学者たちに精査させておるが、よくわからない統治システムじゃの」

これまで数千年も王政に馴染んできた人たちに、民主主義を説明するのは難しい。

俺も理解している範囲で陛下からの問いに答えていたが、上手く説明できたかどうか怪しいところだ。

俺の前世について言うわけにはいかないので、これはあくまでも私見ということで話していたが。

「交易などの交渉が長引こうと問題はないが、やはりリンガイアの乗組員たちだな。余は決めた。バウマイスター伯爵を正式に特命大使に任命する。リンガイアの乗組員たちを解放してきてくれ」

「私がですか？　ですが……」

あきらかにユーバシャール外務卿がいい顔をしないと思う。

自分の職権を侵されるからだ。

「バウマイスター伯爵に任せるのはリンガイアとその乗組員たちの解放だけ。元々、ユーバシャール外務卿にはその交渉を第一にと任じておる。念のために二つのルートで交渉を行わせるだけだ」

「わかりました。お引き受けします」

ここで断るわけにもいかず、俺はリンガイアとその乗組員たちの解放交渉に当たることになるのであった。

＊　＊　＊

「それで私が同行するのですか？」

秘密交渉の側面もある以上、それほど同行者を増やせない。

そこで俺は、同行者にリサを指名した。

凄腕(すごうで)の魔法使いなので護衛役も十分に務まるし、なによりリンガイアに乗船していた彼女の弟子が魔族の船を魔法で撃った実行犯なのだ。

その弟子と、プラッテ伯爵のバカ息子をどうするかが交渉の肝なので、実行犯と顔見知りのリサが一番の適任であった。

それと、弟子ということもあってか、リサもどこか気が気でない様子だったからだ。

「頼むよ」

「それは喜んでお引き受けしますが、アナキンですか……彼の拘留を解くのは難しいのでは？」

確かに魔法を放った実行犯なのだが、彼はプラッテ伯爵のバカ息子の命令を聞いただけなので犠牲者でもあるのだ。

防衛隊の連中の様子だと、アナキンの魔法で船に損傷があったわけでもなく、特に彼に対して悪感情は抱いていないようであった。

ならば、リンガイアとその乗組員たちの解放交渉は勝算があるかもしれない。

「ヴェル、また魔族の国に行くの？」

「陛下の命令で交渉しないといけないんだ」

「艦長と副長さんには骨竜の時にお世話になったから、無事に解放されるといいわね」

「部下の暴走の被害者だものな」

管理責任がないとは言わないが、プラッテ伯爵のバカ息子はこちらの予想を上回るバカだからな。

不可抗力でもあったと、イーナも俺も思っていた。

早速、俺とリサは、『瞬間移動』でテラハレス諸島へと飛んだ。

「そう言わないと長引きそうな気がするから」

「そんなに簡単に交渉できるものなの？」

「ささっと交渉してくるよ」


「おや、どうかなされましたか？」

「陛下より、正式に特命大使を任じられまして」

勝手に動くとユーバシャール外務卿が臍を曲げそうなので、先に挨拶をしておく。

陛下からも連絡がいっているとは思うが、これも円滑なコミュニケーションのためだ。

「話は聞いているが、大丈夫なのか？」

「正直なところ、わかりません」

別に嘘を言っているわけではなく、本当にわからないのだ。

これぱっかりは、実際に交渉してみないとわからない。

「我々は通商関係の交渉だけで苦戦している状態だ。ご自由にやられるがいい」

ユーバシャール外務卿は、俺でも解放交渉を成功させるのは難しいと思っているようだ。

というか、世間一般の人たちの大半はそう思っているであろう。

「旦那様？」

「じゃあ、行こうか」

とはいっても、目的は魔族の国ではない。

いきなり現地に飛んでも、伝手(つて)がないので交渉のテーブルにすらつけないからだ。

「誰と交渉するのですか？」

「あの連中じゃないことは確かだ」

ユーバシャール外務卿たちがいる交渉のテーブルには、反対側に魔族の代表たちも座っている。

だが、俺の目から見ても彼らの大半は優秀じゃない。

市民団体出身の政治家が多いから、声は大きいが実務に不向きなのだ。

それよりも、彼らに資料を渡したり、後ろからささやいてフォローしている官僚たち。

狙いはむしろ彼らの方だ。

「失礼」

政治家から離れた隙(すき)を狙って、俺は若い官僚らしき魔族に声をかける。

「貴殿は外交に従事する官僚という認識でよろしいのでしょうか？」

「はい。急遽(きゅうきょ)外務省が復活したので、他の省庁からの出向組ですけど」

他国の不在により、魔族の国では二千年も前に外交を担当するお役所が廃止されていた。

この度、急遽復活し、彼らは新しく組織を作りながら、政治家の補佐も行っているようだ。

「次官クラスの方はいらっしゃいますか？」

「いますが、それが？」

「あっ、そうそう」

俺は声を小さくしてから、その若い官僚に耳打ちする。

「私、急遽、リンガイアの解放交渉に関する特命大使に任じられまして。急ぎ内密に取り次いでいただきたいのですが」

俺が陛下から貰った委任状を見せると、彼は顔色を変えた。

「解放交渉ですか？」

「いや、なに、わざわざ政治家の方々のお手を煩わせる必要はありません。建前としてはよくないのでしょうが、ここは本音でいきましょう。意味はご理解していただけますよね？」

「……ガトー事務次官は、今休憩中ですが、ご案内いたします」

俺たちは、若い官僚の案内で別の部屋に案内される。

そこは、防衛隊が建設したプレハブのような建物の一室で、白髪交じりの魔族が書類を見てため息をついていた。

「どうした？　オウテン」

「バウマイスター伯爵殿をお連れしました」

「バウマイスター伯爵殿？　ああ、我らの国に親善大使として来られた方だな。本国から情報は受け取っている」

「バウマイスター伯爵です。今日はリンガイア解放についての特命大使として来ました」

「解放交渉ですか……」

「ちなみに、政治家の方々にはなにも言っておりません。意味はわかりますよね？」

「オウテン、暫く誰も入れるな！」

「はい」

オウテンという魔族の若い官僚は部屋の入り口で監視にあたり、ガトー事務次官と俺との秘密交渉が始まった。

やはり、実務に長けている官僚の方が話は早いようだ。

俺は政権交代もあって不安定な政治家よりも、今は官僚と交渉した方が楽だと推測し、それが見事にハマったわけだ。

「リンガイアの解放交渉ですか……」

「はい、拘留費用もバカにならないでしょう？　正直なところ」

「防衛隊の制服連中は不満そうですね」

拘留で臨時の出費が増え、そのうえ、防衛予算は削減されるというのに政治家がリンガイア大陸への侵攻を口にしたりしている。

これで不満が出ない方がおかしい。

ならもっと予算を出せという話になるのだが、民権党の政治家は増え続ける国家の借金を削減すると公約して当選した。

世論に敏感な彼らは、口が裂けても防衛予算増額を口にできないのだ。

「ですから、当事者以外は急ぎ船ごと解放してしまいましょう。実行犯の魔法使いと、指示を出した副長だけは例外ですけど。彼らの処遇はあとで細かく相談するとしてですね……」

犯罪者二人だけの拘留なら、今よりも圧倒的に費用はかからないのだから。

「二人ですか？　いかにその副長の独断とはいえ、艦長ともう一人の副長の責任もあるのでは？業務上過失傷害の罪状があります。防衛隊にも微傷を負った者がいると聞いております」

防衛隊が反撃して船を制圧する時に、かすり傷程度だが負傷した隊員が存在した。

その罪状があると、ガトー事務次官は鋭く指摘する。

さすがは、細かいことにもよく気がつく官僚という生き物だ。

こちらの粗を突き、自分の得点を稼ぐことも忘れない。

「ですが、世論はプラッテ伯爵のバカ息子が主犯の方が嬉しいのでは？」

民衆を抑圧する貴族のバカ息子が平民階層出身の艦長に逆らい、同じ平民出身で逆らえない立場にいた魔法使いに無茶な攻撃を命じた。

貴族の息子が主犯の方が、魔族たちは納得するはずだ。

「確かに否定はできませんね」

「王国空軍では、プラッテ伯爵のバカ息子を命令違反で厳罰に処す予定だそうです。彼が主犯で間違いないと思いますが。どうせ彼は最後に帰国しないといけません。ヘルムート王国でも駄目な貴族は民衆の非難の的になりますから」

「なるほど、むしろ帰国が遅れた方が都合がいいというわけですか」

「はい」

プラッテ伯爵の要求どおり、バカ息子だけを先に帰還させたら非難轟々のはず。

だから、彼が長期間拘束されても問題ないわけだ。

自分だけが残り、平民たちを先に帰した、その評判が彼を救うのだ。

実際は、自分を一番早く収容所から出せと抜かしたクズだが、奴の意思など関係ない。

せいぜい、魔族たちへのスケープゴートにしてやる。

「この方が、拘束する人員が一名で済みますけど」

「実行犯の魔法使いは？」

「彼は即決裁判でよくないですか？　罪状は器物破損程度でしょう？　しかも主犯じゃない」

さらに、魔法を放った防衛隊の艦艇にはなんのダメージも与えていない。

上手く交渉して微罪にし、国外追放扱いでリンガイアと共に帰国させてしまえばいい。

「バウマイスター伯爵殿は、我が国の法律をよくご存じですね」

「そこまで詳しくないですよ。この前の滞在時に少し本を読んだだけです」

本当は、魔族の国の法律が前世の法律とよく似ているからだけど。

いくら時間があるからといって、魔族の国の法律書なんて読まないさ。

「即決裁判で、被告人側は争わない。執行猶予付きの禁固刑くらいでしょう？　平均的な相場は」

「和解してお金を払って終わるケースの方が多いですね」

「では、こうしましょうか？　和解して、魔法使いが相場よりも多めの罰金を支払う。防衛隊艦艇に損害がないとはいえ、リンガイアの整備や検査で人手を使ったでしょうし、人件費もバカにならないでしょうから」

リンガイアの乗組員たちの拘留費用には及ばないが、ある程度は魔法使いが和解金名目で支払う。

和解なのでこちらが罪を認めて謝り、収監されないように金を出すという構図だ。

「彼はお金を持っているのですか？」

「ええっと……リサ？」

アナキンはリサの弟子なので、彼女に彼の懐具合を聞いてみる。

「初級なので、そこまでお金は持っていないかと」

初級魔法使いが放つ『ファイヤーボール』では、軍艦の装甲を貫くなんて不可能だ。

この場合、彼が初級で逆に助かっているのだが。

「足りない分は俺が出す。勿論、彼が出したことにするけど。アナキンは俺に借金するわけだ」

「バウマイスター伯爵殿が保証するのでしたら、こちらも防衛隊に連絡を取って和解交渉を始めましょう。弁護士も紹介します……ちゃんとプロの弁護士をね……」

官僚であるガトー事務次官は、弁護士出身も多い民権党の政治家をあまり信用していないようだ。

まあ、本業で忙しかったら、政治家になろうとは思わないよな。

「バウマイスター伯爵殿、少々お待ちいただけますか？」

ガトー事務次官は、一時間ほど各所に魔導携帯通信機で連絡を入れて色々と交渉していた。

その仕事ぶりは優秀そうに見え、なるほど魔族の国は官僚が動かしているのだなと納得してしまう。

「バウマイスター伯爵殿、オウテンと共にゾヌタータ共和国に向かっていただきたい」

「わかりました。『瞬間移動』で急ぎます」

「バウマイスター伯爵殿は、失われた魔法である『瞬間移動』が使えるのですか？」

「はい」

アーネストも言っていたが、魔族には俺よりも魔力が多い人が複数存在するのに、なぜか『瞬間移動』を使える人がいなかった。

昔は多く存在したそうだが、今では使える人がいないという。

色々と研究をしたが、なぜ魔族が『瞬間移動』を失ってしまったのかはわからないそうだ。

「それでしたら、リンガイアの解放が早くできそうですね」

ガトー事務次官は、とても嬉しそうであった。

「正直なお話、あの巨大船がドックを塞ぐと、他の艦艇の整備に支障が出るそうです」

魔族基準では古臭いリンガイアなど誰も使わないし、とっととドックから出してほしいのであろう。

野ざらしにしてなにかあると責任問題になるらしく、防衛隊は律儀にリンガイアをドックに入れて保管しているのだ。

「では、急ぎます。リサ」

「はい」


オウテンという若い官僚と共に防衛隊の基地へ飛ぶと、そこにはすでに防衛隊の制服組の幹部と、弁護士と思われる若い男性魔族が待ち構えていた。

「お話は聞いております。急ぎ対応しますが、その前にアナキン殿と面会ですね」

「ええ、頼みます」

俺たちは急ぎ防衛隊が管理する収容所へと向かい、アナキンと接見する。

「姉御、差し入れっすか？」

「っ！　んなわけあるか！」

大人しくなったリサであったが、弟子の能天気さには本気でキレてしまったらしい。

昔のような口調でアナキンを怒鳴りつけた。

「お前、これから旦那様の言うことをよく聞いて、言われたとおりに動きな！　失敗したら、死ぬまで牢屋だからね！」

「わっかりましたぁ――――！」

昔、リサから魔法の指導を受けた時のことを思い出したのか？

アナキンは、リサの過激な発言に恐れ戦きブンブンと首を縦に振った。

「お前の罪は和解でケリをつけるから、素直に罪を認めて謝るんだよ。あとは、和解金の支払いだね」

「姉御、俺、そんなに金が……」

「うちの旦那様が貸してくれるから」

「すいません」

「ちゃんとうちで働いて返せよ」

「えっ？　俺はバウマイスター伯爵家に仕官ですか？」

「そう。それしかないのはわかるか？」

アナキンはわからないといった感じの表情を浮かべたので、俺は彼に自分が置かれた状況を説明してやった。

「プラッテ伯爵のバカ息子は、お前に罪を押しつけてでも、自分だけ早く釈放されたいと願う下種だ。それなのに、お前が先に釈放されてみろ。バカ息子どころか、父親のプラッテ伯爵からも恨まれる立場になるぞ」

下手をすると、激怒したプラッテ伯爵に殺されかねない。

初級の魔法使いくらいだと、単独で伯爵家に対抗するのは難しいであろう。

「冒険者として仕事をするにしても、色々とやりにくいかもな」

「俺、副長の命令で魔法を放っただけなのに……」

「向こうは勝手に、お前にとって一番悪いストーリーを脳内で作りあげているから、言い訳しても無駄」

「そんなぁ……俺、結婚したいし、魔法で金稼いで家とか欲しかったのに……」

アナキンの奴、見かけによらず堅実な夢を持っているんだな。

「姉御みたいに独身期間が長いと大変じゃないですか」

同時に空気が読めない部分もあり、余計なことを口走ってリサの怒りを買っていた。

彼女のコメカミがひくついている。

「リサ、どうどう。俺はリサと結婚してよかったと思っているから」

「ありがとうございます」

俺はどうにかリサを宥(なだ)めることに成功した。

「お前、死ぬまで牢屋に入っていたいのか？」

「すいません！」

リサを怒らせたアナキンを脅すと、彼はすぐに謝った。

「色々と大人の事情で和解金は多めになる。足りない分は俺が貸すから、バウマイスター伯爵家で働いて返せ」

「わかりました」

「では、打ち合わせを……」

そこからは話が早かった。

オウテンと弁護士が防衛隊幹部と相談をし、他にも必要な各省庁や裁判所などに連絡を取り、わずか一日でアナキンの裁判がスタートする。

そして、すぐに防衛隊側が和解を提案、アナキンと弁護士はそれを受け入れ、和解金一億エーンを支払うことで同意した。

和解金は高額だが、これは魔族側の世論の反発を抑えるためだから仕方がない。

どうせ判決が出ても執行猶予がついて当たり前の判例だ。

ならば、国庫に金が入った方がマシだと思わせるための和解金だったのだ。

「一億エーン。どのくらいなんですか？」

「百万セントくらい」

一エーンを一円と見た相場だ。

「俺、そんな大金を返せないですよ！　バウマイスター伯爵様みたいに上級魔法使いじゃないんですから」

「利子はつけず、契約金代わりに十分の一にしてやる。これからは、真面目にうちで働けよ」

「それなら大丈夫です」

アナキンは、安堵(あんど)の表情を浮かべた。

初級ながら魔法使いを一人確保できたし、どうせ必要経費は陛下に請求できることになっている。

アナキンに恩を売りつつ儲(もう)けまで出して、俺もいい貴族様になったものだ。

「バウマイスター伯爵殿、和解案が成立しました。ところで、エーン貨幣を持っているのですか?」

和解してしまったので、これでもう裁判はなくなった。

アナキンの弁護を担当した弁護士は、自分への報酬も含めて、金が払えるのかと聞いてくる。

「この前のが少し。あとは金を売って納めるよ」

「金をお持ちですか」

弁護士の表情があっという間に緩んだ。

俺は再び町のリサイクルショップで金を売り、無事に和解金を支払うことができた。

和解金を納めるのに、町のリサイクルショップで金を売る貴族。

どんな創作物にも存在しないだろうな。

「相場が上がっているのか……」

現在の金相場は、一グラムで八千七百エーン前後。

人間と接触してから、倍以上に上がったそうだ。

金に需要があると思っている魔族が多いのか?

魔族は人間に興味がないと聞いたが、水面下では将来を見越して動いている聡い人たちもいるのだな。

「バウマイスター伯爵殿、またなにかありましたらよろしくお願いします」

少し多めに依頼金を渡したら、弁護士はえらくご機嫌だった。

彼が言うには、最近魔族の国では弁護士が余っており、だから政治家に転身する者も多いのだそうだ。

「防衛隊もリンガイアの乗組員たちの釈放を決定し、約一名を除き乗組員全員が防衛隊監視の元でリンガイアの再稼働作業を行っております」

俺の予想以上にスピード解決してしまった。

約一名がいまだ拘束されているし、彼は防衛隊の艦艇に攻撃をした首謀者として裁判にもかけられる。

弁護士も貴族のボンボンの弁護ではやる気が出ないだろうし、アナキンが和解交渉の過程で罪をすべて認めてしまった。

これが証拠として採用されるので、プラッテ伯爵のバカ息子は確実に実刑を食らう。

寿命が長い魔族の判断なので、どのくらいの刑務所暮らしになるかわからないが、俺は陛下にこう報告する予定だ。

『プラッテ伯爵のご子息は、他の乗組員全員を釈放させるため、あえて囚われの身となったのです』

勿論大嘘だが、これでプラッテ伯爵はリンガイアの乗組員たちに手を出せなくなる。

せっかく自分の息子がその身と引き換えに助けた彼らに対しその父親が手を出せば、プラッテ伯爵家の評判が地に落ちてしまうからだ。

「旦那様、そんな方法で大丈夫なのでしょうか？」

「うん。それも大丈夫」

この策を行う前に、俺はちゃんとローデリヒに相談している。

やめるように言われるかもと予想していたが、意外にも彼はその策を了承している。

『貴族といえど人間です。みんなが仲良くできるはずがありません。お館様とプラッテ伯爵は相性が悪いのでしょう。それは構いません。変に関係が曖昧な貴族よりも、敵だと明確にわかっている貴族の方がいい』

『敵だとわかっていれば、対処がしやすいからな』

『ええ、向こうもどうせ敵同士だからと距離を置きますしね。腹の中でなにを考えているのかわからない貴族の方が不気味です』

以上のような会話があり、俺は無事にプラッテ伯爵のバカ息子のみを犠牲にして目的を達成したわけだ。

「もう一度、艦長と副長に挨拶しておきたかったな」

「旦那様のお知り合いですからね」

「実は、骨竜を退治した時と、この前の面会の時とまだ二回しか会ったことがないけど」

それにしても、骨竜の時とまったく同じコンビで今回の事件に巻き込まれるとは、彼らも船乗りとしてはアクシデントというかイベントに巻き込まれやすい体質のようだ。

あれ？

もしかすると、俺と知り合ってしまったからとか？

「バウマイスター伯爵殿は秘密特使なので、報道の目がありそうなリンガイアの傍は遠慮していただきたいのです。船の出航時には時間を作りますので」

「わかっていますよ、オウテン殿」

最終チェックが終わればリンガイアはヘルムート王国に戻るので、あとで挨拶をしておけばいいか。

「あと、プラッテ伯爵のご子息殿に会われないのですか？」

「なにか言われそうだからパスします。向こうも、俺の顔なんて見たくないでしょうから」

あいつの実刑を条件に交渉に成功したのだから嫌われて当然だし、どうせ、俺はなぜ出られないのだと文句を言われるだけ。

ローデリヒの言うとおり、距離を置くのがベターであった。

「出発までもう二、三日ある。俺たちはそれを見届けないといけないからなぁ。その間、どこか時間を潰せる場所はないかな？」

事の顛末は報道されると思うが、俺たちがあまり表に出ると騒ぎになってしまう。

なにしろ今の俺は、秘密特使扱いなのだから。

「ここに留まっていただければ無駄な費用はかかりませんけど、どこかに内密でお出かけになられるのでしたら、ご自分の負担となってしまいます」

防衛隊の官舎に留まっていれば、滞在に必要な経費は防衛隊や外務省で負担する。

他に出かけるのなら、それは自分で負担してほしい。

少しケチな気もするが、お上ってのは予算が有限なのだからそんなものだ。

「勿論、自分で出しますよ。高くても、機密を保てる場所がいいですね」

マスコミに押しかけられ、交渉のことを根掘り葉掘り聞かれるのは疲れてしまうし、余計な横槍でせっかく決まった交渉が駄目になるのも嫌だからだ。

「それでしたら、私が手配しておきます。そういう方々が利用される口の堅い宿がありますので。

その分、お高いですけど」

現代日本で、芸能人や政治家がお忍びで利用する温泉宿というのは噂に聞いたことがあるが、魔族の国には実在していたか。

「旦那様、私は元冒険者なのでこの官舎でも十分ですけど」

リサは、無理にそんなところでお金を使わなくてもと俺に気を使った。

あの派手なメイクと衣装がないと、彼女はえらく常識人なのだ。

「俺が退屈だし、たまには夫婦二人で水入らずってのもいいじゃない」

「二人きり……はい、たまにはいいですね」

リサもとても嬉しそうだし、俺もあと最低二日も官舎に籠りっきりってのも嫌だ。

オウテンがすぐに手配してくれたので、俺たちは彼が運転する魔導四輪でとある温泉地へと向かった。

「旦那様、魔族の技術は凄いですね」

「これは、例の発掘品よりも上だな」

魔族の国では、当たり前のように車が普及している。

魔力で動いているのは魔の森の発掘品と同じだが、それと同等かそれ以上に技術が進んでいるように見える。

ここまで技術格差があると、交易交渉一つとっても大変なはずだ。

ユーバシャール外務卿たちは内外からの圧力に晒され、それで交渉がなかなか進まないという側面もあるのであろう。

「魔道具ギルドの反発も大きいと思います」

「だよねぇ……」

優秀な魔法使いであるリサは、ユーバシャール外務卿たちに圧力をかけている存在として、ヘルムート王国の魔道具ギルドの存在をあげた。

彼らは俺たちのお得意さんでもある。

古代魔法文明時代の遺物を研究用に高く買い取ってくれるからだ。

汎用(はんよう)魔道具の製造を独占しているので資金はあり、技術発展のためにそれら遺物の収集と解析に力を入れていた。

だがここ数百年、ほとんど成果は上がっていない。

それでも、魔道具の製造を独占しているから、魔道具に好きな値段をつけられる。

魔道具の値段が一向に下がらない原因の一つであった。

もしここで交易交渉が纏まり、ゾヌターク共和国から最新の魔道具が輸入されるようになった場合どうなるか。

断言しよう。

魔道具ギルドの没落が始まる。

「オウテン殿、ゾヌターク共和国では車はどのくらいで買えるのですか？」

「ピンキリですが、安い中古車なら五十万エーンしませんね。車検と税金と魔力補充代で経費はかかりますけど」

ちなみに、リンガイア大陸では車の製造に成功していない。

帝国やミズホ公爵領でも研究段階であった。

発掘品は大量にあり、研究は盛んだが、なかなか独自製造に成功しないのだ。

おかげで、バウマイスター伯爵領でもほとんど車を走らせていない。

特にローデリヒが大反対で、その理由は盗難を防げないからであった。

『魔法の袋で簡単に盗めますからね。あちこちに置いて使ったら、我が領にどれほどの窃盗団が入り込むか……』

そんな理由があり、厳重な警備が保証できる場所に少数を配置するしかなかった。

あとは、例の大トンネルだ。

さすがに馬車だけでは輸送量に限界があり、トンネルの中だけトラックなどを往復させている。

これら車両の管理のため、トーマスにはさらに部下が増えて忙しい状態になった。

それにしても、治安が悪くなるから車が使えないとは。

だが、ゾヌターク王国から安い中古車が大量に輸入されるようになったら、リンガイア大陸の状況は一変するかもしれない。

移動と輸送手段が革命的な進歩を遂げるのだから。

そして、魔道具ギルドの権威と力は地に落ちるであろう。

今の時点で車が作れないのだから、仕方がないのだけど……。

「(魔道具の交易が認められたとしても、多額の関税をかけて……リンガイア大陸に車なんてないから、いくら関税をかけるんだ?)」

「(魔道具ギルドは、輸入阻止で動いています)」

「(あれ？　リサは魔道具ギルドに知己がいるのか？)」

「(ええ、数少ない友人ですけど……)」

確かに、昔のリサだと友人はできにくそうだ。

「(魔道具ギルドは、圧倒的な技術力を持つ魔族を警戒しています)」

今までの地位と権益をすべて失うかもしれないのだ。

警戒して当然であろう。

「(それを考えるのは俺たちじゃないから、今は休暇を楽しもう)」

「(はい、楽しみですね)」

「バウマイスター伯爵殿、奥方殿、到着しました」

オウテンが運転する車は山間(やまあい)を縫うよう走り、そこに建つ一軒のホテルに到着した。

外見だけでも豪華さがわかるホテルと、そこから湧き出す温泉で疲れを癒(いや)せるそうだ。

他にも、色々な娯楽が楽しめるようになっているという。

「高級リゾートという感じですね」

「はい。私の給料では手が届きませんね。値段が高い代わりに秘密が守られるというわけです」

芸能人が世間に交際を秘密にしている恋人を連れてきたり、政治家や企業の社長が愛人を伴ったりするのに使われるケースが多いそうだ。

「秘密を守るために、従業員の待遇がいいのですよ。その代わり、一泊お一人様二十万エーンからですけど」

「ふ―――ん。そうなんですね」

前世の感覚でいうと、一泊二十万円の宿なんて絶対に泊まらない。

だが、今の俺はバウマイスター伯爵だ。

オウテンの前で驚くわけにもいかず、努めて冷静な風を装った。


「いらっしゃいませ」

車を降りてホテルの受付に行くと、従業員らしき中年男性の魔族が応対する。

耳が短い俺とリサを見てその正体がわからないわけがないが、彼は無駄な口を叩かずに丁寧な接客を続けた。

このホテルの教育が優れている証拠だ。

どんな客が来ても騒がず、その事実を誰にも公表しない。

だからこその、金持ちＶＩＰ御用達のホテルなのであろう。

「外務省のガトー事務次官様と、防衛隊から連絡をいただいております。バウマイスター伯爵様ご夫妻ですね。十九階のスイートルームがお部屋になります。すぐに係の者がご案内いたしますので」

「（この野郎……）」

どうやら、俺はガトー事務次官ら官僚たちに試されているようだ。

わざと高額の部屋に案内され、そこで俺がどのように振る舞うのか。

お金がなくなってガトー事務次官に貸してくれと泣きついたら、それで彼らは勝ちだと思っているのだ。

「スイートか。そこは一泊いくらなんです？」

「三百万エーンですね」

とんでもなく高いが、ホテルの従業員は顔色一つ変えないで答えた。

慣れてしまっていて、特になにも感じていないのであろう。

「バウマイスター伯爵殿、お高いでしょうか？」

オウテンが、もう少し安い値段の部屋にしましょうかと聞いてきた。

彼はガトー事務次官の命令で動いているから、部屋のランクを下げたら報告がいくようになっているはずだ。

貴族に限らず、ＶＩＰがこういう時に大金を出せないのでは大した奴でもない。

俺だけなら別にそう思われてもいいのだが、バウマイスター伯爵家がそう思われるのは困ってしまう。

必要経費だと思って割り切るしかないな。

これから人間と魔族がどうなるのかなんて誰にもわからない。

ここで舐められるのは得策じゃない。

「いや、それで一番高い部屋は？」

「最上階に二部屋だけあるロイヤルスイートですね。こちらは、一泊一千万エーンとなっております」

「じゃあ、そこにしようかな」

「それでは、ロイヤルスイートに変更させていただきます」

俺は高い部屋への変更を要求し、それは無事に受け入れられる。

それにしても、教育や慣れとは凄い。

従業員はまったく動揺せず、冷静に部屋の変更手続きを行っている。

「ロイヤルスイートには、警備の方やお付きの人が泊まれるお部屋も付属しております」

「よかったですね、オウテン殿」

「そうですね……」

どうせ監視役で傍にいるはずだから、一緒に高級ホテルを楽しめばいい。

そして、バウマイスター伯爵の無駄遣いをちゃんと報告するがいいさ。

「こちらがロイヤルスイートでございます」

係の若い女性魔族に部屋に案内され、早速彼女はお茶とお菓子の準備を始めた。

飲み物は自由に選べ、俺は久しぶりにコーヒーを、リサは紅茶を選んでいる。

お菓子は、温泉宿のようにお土産店に売っている銘菓ではない。

ホテルの専門のパティシエが作る、綺麗な細工が施されたミニケーキなどであった。

他にも、頼めば好きなお菓子を作ってくれるそうだ。

「(旦那様、こういう場合にはチップが必要なのでは?)」

「(そういえばあったね、そんな制度)」

「(制度じゃなくて慣習ですけど……)」

お茶を入れてくれた係の女性は、そのままこの部屋の担当になるそうだ。

部屋に数ヵ所呼び鈴があり、それを鳴らすと部屋の外にある待機室からかけつけて用事をこなしてくれる。

こういう超ＶＩＰなホテルに泊まった経験がないので、彼女にどのくらいのチップを渡せばいいのかわからなかった。

「あなたは、この部屋の担当ですよね？」

「はい。二日間よろしくお願いします」

「こちらこそ、よろしく」

そういえばこの国の現金もあまりないので、オウテンに頼んで換金してもらわないといけなかった。

そこで、適当な大きさの金の塊を係の女性にチップとして渡しておく。

「エーン紙幣じゃなくてすまない。リサイクルショップで換金できるから、その分の手間賃も含めてだ」

「ありがとうございます」

金の塊をチップとして貰った係の女性の声は上ずっていた。

「というわけで、オウテン殿。エーンがないから、これを換金しに行ってくれませんか？」

俺は、紅茶を飲んでいるオウテンに死蔵していた宝石の入った袋を渡す。

「こんなにですか？　もの凄い金額になりますけど……」

「このくらい必要でしょう？　二日間も滞在するんだから」

「……わかりました……すぐに換金に行って参ります」

急ぎ紅茶を飲み干したオウテンは、宝石の入った袋を持って部屋を出ていった。

その表情は必死そのものだ。

もし宝石を買い叩かれてしまったら、それが自分のミスになると思っているのだろう。

官僚はミスを嫌う。

もしガトー事務次官に『こいつは駄目な奴』と思われたら、オウテンの出世ルートは絶たれてしまうのだから。

彼は、俺たちの世話役をしくじるわけにはいかないのだ。

「このミニケーキは美味しいな」

「そうですね。紅茶も美味しい」

「コーヒーも香りがいいな」

「ホテルと特別契約した農園で栽培、加工された茶葉とコーヒー豆ですので」

チップを渡した係の女性が、飲んでいる紅茶とコーヒーの説明をしてくれた。

このホテル用に栽培している茶葉とコーヒー豆なのか。

「それは凄いな」

「美味しいわけですね」

必ずしもそうとは言い切れないが、やっぱり高いものは美味しい。

リサと一緒に食べているミニケーキに正式な値段はないが、スイートルームに泊まらないと注文できない。

宿泊費込みであるが、とても高いケーキとなっていた。

「旦那様、普段とは違って随分と無駄遣いをしていますね」

「バウマイスター伯爵様だからしょうがない」

ここでどこかの安宿に泊まってしまうと、ゾヌターク共和国の官僚たちに舐められてしまう。

民権党の政治家やマスコミ辺りは庶民的だと褒めてくれるかもしれないし、庶民たちにも受けはいいだろう。

だが、現実問題として安ホテルに泊まる外交特使が有能に見えるはずがない。

王国貴族に安ホテルに泊まったことが知られた時の問題もある。

俺たちは、バウマイスター伯爵夫妻に相応しい贅沢をする必要があるというわけだ。

まあ、普段、意外と質素なのは他の大貴族でも同じだ。

だが、今この場は秘密の滞在でも贅沢をする必要があった。

「というわけだ」

「なるほど。わかりました」

リサは冒険者歴も長く、その関係で多くの貴族を知っている。

前はあんな感じだったが、凄腕の魔法使いなので依頼はひっきりなしだったからだ。

そんな彼女からすれば、今の俺が置かれた立場が理解できるというわけだ。

「私は幸運でした、同行できて。ルイーゼさん辺りは羨ましがるでしょうね」

今度連れていってくれとか言われそうだ。

機会があればそうしてもいいけど。

「このホテルはなんでもあるみたいだし、リンガイアの出航準備が終わるまで派手に遊ぶか」

「はい」

俺とリサがケーキを食べ終わるのと同時にオウテンが宝石類を換金して戻ってきたので、大量のエーン紙幣を持ってホテル内の探索を始める。

「旦那様には整体やマッサージ、奥様には肌をより綺麗にするエステがお勧めです」

この高級ホテル、料金は素泊まりのみだそうだ。

あとは、なにをするにもオプション料金がかかる。

最初は、高価なアロマオイルやら泥やら薬草湯などを使うエステに誘われた。

男性用のコースもあるみたいだが、俺は遠慮して整体やマッサージのコースにしておく。

考えが古いかもしれないが、男性がエステってと思ってしまうのだ。

「リサはエステでいいんじゃないの？」

「ロイヤルコースは、十五万エーンとなっております」

「じゃあ、それで」

エステのコースが十五万……さすがは、セレブ御用達の超高級ホテルだ。

そのくらいの金額を気にしないで支払えないと、ここには来られないのであろう。

「リサ、チップを忘れないようにだって」

「決まりではないのですが、ほぼ全員支払うようですね。相場も決まっています」

俺たちの監視兼世話役をしているオウテンが、このホテルの仕組みを調べてくれた。

このホテルに常駐する様々なサービスを行っている人たちは、その技能の素晴らしさにもかかわらず、基本給は思ったよりも低いそうだ。

彼らはサービスを行うとその客からチップを貰い、その技量に相応しい所得を得ている。

評判がいい人は沢山チップが貰えるし、駄目な人はすぐに淘汰されてしまうというわけだ。

「平均で二万エーンほどです。サービスが気に入ったら、天井知らずですね。百万くらいぽんとチップを出す方もいらっしゃるとか」

「凄いな。その人、なんの仕事をしているんです？」

「一等地に沢山の不動産を所持している人ですね」

リネンハイムのもっと凄いバージョンなのか。

「じゃあ、普通で五十万、サービスがよければ百万、凄く気に入ったら二百万くらいだな」

その不動産王に負けるわけにはいかないからな。

せいぜい、金持ち観光客として振る舞ってやるか。

「オウテン殿はマッサージしないんですか？」

「経費の問題がありまして。宿泊費以外の経費はガトー事務次官が渋々認めたものだけなんです。お役所も無駄遣いをすると、マスコミや政治家に批判されますしね」

なんか、本当にどこかの官僚を見ているみたいだ。

「とはいえ、ここで自前になったら私は破産ですよ。大学の同期からは勝ち組で羨ましいとか言われますけど、民間の大企業の方が圧倒的に勝ち組だと思いますよ。官僚なんて、世間が思っているほど給料が高くないですから」

その辺は、以前にエーリッヒ兄さんも下級官吏の給料はビックリするほど安いと言っていたから同じだ。

年金でそこそこの収入になるも、貴族は出費も多い。

世間で言われるほど楽じゃないと、エーリッヒ兄さんも言っていた。

「うちの兄も官僚なのですが、苦労は同じようです」

「バウマイスター伯爵殿のお兄様は官僚なのですか。優秀な方のようですね」

「はい」

エーリッヒ兄さんは、魔法なんてなくても知力のみで貴族家の主になったからな。

俺よりも圧倒的に優秀なのだ。

「私は他の仕事もありますので、時間は潰せるのですよ」

オウテンは書類の整理をすると言って部屋に戻り、俺たちはエステとマッサージを堪能した。

「お客様は、体をよく動かされていますね」

「体が資本の仕事だからね」

毎日魔法の鍛錬はしているし、従軍もし、冒険者としても活動、領内の開発でも色々と動いている。

体は使っている方だと思う。

「お若いのに凝っていますね。ちょっと強くしますね」

俺を担当した中年魔族男性のマッサージ師は、ちょうどいい加減で俺の体の凝りをほぐしてくれた。

さすがはこのホテルに常駐しているマッサージ師だ。

いい腕をしている。

あまりに気持ちいいので、少し眠くなってきた。

それにしても、俺もこの若さでマッサージが気持ちいいとは。

色々と疲れているのであろう。

「終了です」

「体が楽になったよ。じゃあ、これはチップね」

「ありがとうございます……えっ！　こんなにですか！」

「気にしないで取っておいてくれ。それじゃあ」

マッサージは気に入ったので、チップは二百万エーンにしておいた。

札束を貰って、マッサージ師は驚いている。

「あなた、どうですか？」

「効果あるんだねぇ……」

男にはよくわからないエステの数々を受けたリサは、一目でわかるほど肌が綺麗になり、顔も小さくなっていた。体も少し細くなったような気がする。

「エステに魔法薬が使われていますね。かなりの高級品だそうです」

なるほど。

魔法薬を使用しているから、日本のエステよりも絶大な効果が出るわけか。

「カタリーナが知ったら、ここに来たいと言うだろうなぁ……」

「彼女、ダイエットの権化ですからね」

「さて、次はどこに行きましょうか？」

時間潰しで書類整理を行っていたオウテンも姿を見せ、次の遊び場所へと移動する。

そこは劇場であり、様々な歌手、芸人などがショーを見せ、観客からチップを受け取っていた。

「旦那様、本当の手品師ですね」

「本当だ」

俺とリサは、トランプを使った手品が魔法を使わずに行われているのを確認して驚いた。

「凄い。王国よりもレベルが高いな」

なまじ魔法があるために、リンガイア大陸における手品のレベルは低かった。

初級魔法使いの魔法を使った手品がメインという有様なのだ。

「魔族も昔はそうでしたが、魔法を使ったら手品ではないという流れになったのです」

俺たちの傍にいる従業員がそっと教えてくれた。

魔族の手品は地球の手品のような技を駆使するもので、俺とリサはレベルの高い手品を楽しんだ。

他にも、素敵な歌を歌う歌手、大笑いできる芸人のコントなど。

さすがにこのホテルに呼ばれるだけあって、一流の技量を持つ人ばかりだ。

「みなさん、売れっ子ですからね。ここはギャラがよくてチップも出ますから、定期的に来ては稼いでいますよ」

魔族の人口は百万人ほどだそうだ。

市場が狭いので、歌手も芸人も金持ちのチップをあてにして収入を確保しているわけだ。

俺も、面白かったのでチップを弾んだ。

「旦那様、面白かったですね」

「王国の手品師は、あれは魔法だからな」

ショーを楽しむと時刻は夜になっており、夕食の時間となる。

部屋に料理を運んでくれるコースもあるそうだが、今夜は正装してホテル内のレストランに向かった。

フランス料理に似たコース料理が出る高級レストランで、一人前が二十万エーン。

「私、人生最初で最後だと思います」

オウテンは、料理と俺が奢(おご)ってあげた一本二百万エーンのワインを堪能していた。

「このワイン、美味しいですね」

「高いからねぇ……」

俺は酒に詳しくないのだが、王国・帝国産の高級ワインよりも飲みやすくて美味しいと思う。

これはあくまでも俺が感じた感想だが。

「ワインに関しては、我が国は研究が進んでいますからね」

前世の経験から、高級ワインってのは決してすべてが美味しい、飲みやすいという保証もないのだが、魔族の国のワインは高いほど美味しいもののようだ。

「ブランタークさんと導師にも買って帰るか」

「喜ぶと思いますよ」

二人とも、酒が大好きだからな。

あと、給仕してくれた人とソムリエとシェフにはチップを弾んでおいた。

料理人に関しては、調理を担当したリーダーシェフにチップを渡すと、その人が下で使っている料理人たちにチップを分配するそうだ。

食事が終わると、今度はお風呂だ。

今日は部屋に備え付けられた風呂に入る。

お風呂は広く、湯船には花や魔法薬由来の入浴材が入っていた。

効果は、疲労回復とリラックスがメインだそうだ。

「こういう贅沢を味わうと、癖になって破産しそう」

「冒険者をしていると普通に野宿とかありますしね」

「あるねえ。風呂は『洗浄』で誤魔化して」

リサと一緒にお風呂に入りながら、冒険者あるあるを話す。

彼女は冒険者としての経験が豊富なので、聞いているととても面白い。

「こうして夫婦二人だけというのもいいですね」

「そうだな」

メイクをしていないリサが男性とちゃんと話せるようになったのは最近であり、今日はいい機会だったと思う。

段々となし崩し的に奥さんが増えていたが、結婚した以上は夫婦間のコミュニケーションは重要だからな。

「こういうところにたまに来ると面白いな」

「他人にお世話されるのに慣れないのは、私も平民の出なので」

「俺も普通の貴族とは程遠い家だったからなぁ……」

相互理解も深まり、その日は二人で仲良く同じベッドで眠るのであった。

だ。

「おはようございます。バウマイスター伯爵殿、奥方殿」

翌日もオウテン監視のもと、俺たちはバウマイスター伯爵夫妻として無駄遣いに勤しんだ。

大量のエーン紙幣があるが、王国に戻れば使えないわけで、ここで使いきってしまおうという腹だ。

朝食後、料理人にチップを渡すとプールへと向かう。

泳いだり、休みながらトロピカルジュースを飲んでのんびりと時間を過ごした。

世話役のボーイたちにもチップは忘れない。

「チップ文化かぁ……」

「ここのような、金持ち向けの施設やサービスだけですけどね。ゾヌターク共和国成立直後に廃れたのですが、ここ百年ほどで復活しつつあります。ここは、ある意味金持ち、政治家向けの場所ですからね」

隣のチェアーで寝転ぶオウテンが、いい機会だと色々と魔族の国について教えてくれた。

「それは王国も同じですね」

王国にも厳密なチップ制度はないが、一定以上の貴族はサービスが気に入ったらチップを出す。

面白いのが、商人は基本的にケチなので出さない点であろう。

俺に言わせると、チップをケチるくらいだから成功するんだろうなという感覚だ。

勿論、大物商人になると、そうも言っていられなくなるそうだが。

「人間も魔族も、金持ちと貧乏人がいますからねぇ」

官僚で頭がいいオウテンからすれば、王政でも民主主義でもそれは変わらないと達観しているようだ。

「そろそろ、リンガイアの出航準備が完了するかもしれません」

「じゃあ、その前に……」

リンガイアの乗組員たちも大変だったであろうから、気持ち程度になにかお土産でも渡すか。

そう考えた俺は、プール遊びを中断してホテル内のお店へと向かう。

このホテルでは様々な高級品が売られているが、お菓子くらいならリンガイアの乗組員全員分を余裕で購入できるはず。

「大人買いだぁ――――！」

というわけで、お土産に大量のお菓子を購入する。

そこへちょうど連絡が入り、俺たちはホテルをチェックアウトして港へと向かった。

「バウマイスター伯爵様、お久しぶりです」

「あの時は、大変お世話になりました」

港に停泊している出航直前のリンガイアに到着すると、艦長のコムゾ・フルガ氏と副長のレオポルド・ベギム氏が出迎えてくれた。

二人とも、最初に面会した時以来だ。

「色々と思うところはあると思いますが、このまま出航して王都に戻っていただくということになりました」

「それは問題ありません。約二名ほど乗組員が欠けておりますが……」

「一人は貴族としての責務を果たしただけです。もう一人は……こちらで預かりますので」

「わかりました」

コムゾ氏は、それ以上なにも追及しなかった。

俺がプラッテ伯爵のバカ息子の身柄と引き換えに、リンガイアを解放させた事実を理解しているからであろう。

どのみち奴が今回の事件の主犯なのだから、ゾヌターク共和国としては有罪にしないと世論が納得しない。

極めて民主主義的な彼らからすれば、貴族のバカ息子が有罪になって収監された方が得心できるのであろう。

実行犯のアナキンは、すでに即決裁判で有罪となっている。

罰金も納めたし、執行猶予判決は事実上の国外追放処分だ。

リンガイアで王都に戻ったあとプラッテ伯爵あたりがなにかしてきそうなので、アナキンはこのままバウマイスター伯爵領に連れ帰る。

あとは、借金返済までうちで仕官確定だ。

領地から出なければ、プラッテ伯爵になにかされる心配もないであろう。

「あの……」

「あのバカ息子が悪いのは事実ですし、貴族である彼が、他の仲間や国家の貴重な財産であるリンガイアのため収監される道を選んだのです。彼は貴族の鑑（かがみ）ですよ」

プラッテ伯爵は大切な跡取り息子が収監されて涙目であろうが、文句を言おうにもこういう世論が形成されるので表向きはなにも言えない。

裏で良からぬことを画策する可能性は否定できないが。

「艦長、急ぎ出航しましょうか？」

副長であるレオポルド氏が状況を察し、すぐに出航しようと艦長に進言した。

このまま素直に戻る方が賢いと理解したのであろう。

「そうだな……急ぎ出航しましょう」

「長期間苦労なされたそうで、大したものではありませんが、お土産などを持参しました。みなさんで分けてください」

「ありがとうございます」

「みんな喜ぶと思います」

大人の二人は深く詮索せず、約二名を置いて速やかにリンガイアを出航させた。

再び試験飛行を再開したリンガイアは、ほぼ行きと同じ期間で無事にヘルムート王国に到着するが、それは暫く先の話である。

未経験ではあったが、俺の外交交渉はどうにか無事に成功したのであった。

第五話　南方探索命令

「といった事情でして、ご子息は、ヘルムート王国の貴重な資産であるリンガイアと多くの乗組員たちのため、自ら収監される道を選んだのです。プラッテ伯爵！　あたなのご子息はまさに貴族の鑑ですね！」

「そうですか……」

「いやあ、このバウマイスター伯爵、ご子息の決断に心から感動いたしました。貴殿のご子息のような者こそが真の貴族と言うのでしょう。彼を育てたプラッテ伯爵も、同じく貴族の鑑ですね！」

「我が息子も、バウマイスター伯爵殿からそこまで評価されたと知れば大喜びでしょう」

「（ぷぷっ、怒ってる、怒ってる）」

王城内で出会ったプラッテ伯爵に今回の経緯を報告をしたら、彼は顔をひくつかせながら俺の話を聞いていた。

勿論そんな報告は真っ赤な大嘘であったが、プラッテ伯爵はそれを否定するわけにもいかず、息子を褒める俺に言いたくもないお礼を言うのに懸命であった。

リンガイアの解放が成って無事に出航したので、俺は一足先に『瞬間移動』で王城へと飛んで陛下に事情を説明した。

どう繕っても、プラッテ伯爵のバカ息子が先に攻撃を仕かけた事実は覆せない。

ここで国家のプライド云々を言って抵抗すると、ゾヌターク共和国政府が混乱していることもあり、リンガイアと乗組員たちは長期間戻ってこられないかもしれない。

そこで、実行犯であるアナキンは即決裁判で執行猶予と罰金、罰金は俺が肩代わりして彼はそれを返すためにバウマイスター伯爵家に仕官することに。

主犯のプラッテ伯爵のバカ息子のみ魔族の国の刑務所にぶち込み、リンガイアと他の乗組員たちはすでに出航済みであるという現状を報告した。

「これが私の限界です」

「リンガイアと貴重な乗組員たちは戻ってきた。ベストとは言わぬが、ベターな結果と言えるの」

——リンガイアと乗組員たちを勝手に拘束した魔族の国は謝罪し、双方を即刻解放すべし。賠償もせよ——

こんな主張をしている貴族……主にプラッテ伯爵のことなんだが……の言うことを魔族が聞くはずがない。

しかも自分は矢面に立たないで裏から色々と言うので、あまり外交交渉が進んでいないユーバシャール外務卿が『じゃあ、お前が直接交渉しろ！』と激怒してしまったそうだ。

俺も魔族側にそんな条件を呑ませるのは不可能なので、一番簡単なプラッテ伯爵のバカ息子にすべてを押しつける方法を選択したというわけだ。

俺は思った。

創作物みたいに、国家間の交渉で大の虫も小の虫も生かすのは難しい。

俺は交渉が得意ってわけでもないし。

『アレは小の虫にも値しない』

『貴族の風上にも置けませんわ』

『あんなのを助けても、どうせ奴はヴェンデリンに感謝などせぬぞ。むしろ、救出が遅いと文句を言うような輩じゃ。見捨ててしまえ』

当然といえば当然だが、ヴィルマ、カタリーナ、テレーゼからの奴への評価は最低であった。

エリーゼたちに関してもわざわざ言うまでもない。

『感じの悪い人よね』

『アマーリエのその一言が、端的に奴を表現できているの』

確かにあいつは、取り繕うこともできない本物のバカであった。

多少でも知恵が回れば、牢屋に入っているのだから少しは印象をよくしようと心がけるはず。

大貴族の跡取りなので、我慢するとか自分を律するのが苦手なのであろう。

どうせ奴は主犯だ。

冤罪なら可哀想と思えるが、自業自得なので助けてやろうという気持ちすら起きない。

それでもただ魔族の国に生贄として差し出すと問題になりそうなので、奴が貴族であるという事実を利用させてもらった。

リンガイアと他の乗組員たちのため、彼だけが収監される道を選んだのだと。

勿論、奴はそんな殊勝な性格はしていないが、少なくとも貴族としての体面だけは保ってやった。

プラッテ伯爵は俺を怒鳴りたい気持ちでいっぱいだろうが、まさかそれをするわけにはいかない。

先ほどバカ息子の今後の予定を教えてあげたら、『我が息子は貴族の誉れだ！』と言いながら俺にお礼を言った。

世間に対してそういうことにしておかないと、ただの身勝手な犯罪者扱いされてしまうからだ。

「バウマイスター伯爵も、悪辣(あくらつ)なことをするの」

「私は、彼の名誉を守ってあげたのです」

すぐに自分だけ逃げ戻ってきたら厳罰ものだが、刑務所務めを終えてから王国に戻れば、空軍としても彼を評価せざるを得ないであろう。

名誉と実入りはいいが、あまり責任のない役職につけてくれるはずだ。

あり得ない攻撃命令を出した奴なので実務は任せないと思うが、老人になるまでいい骨休めになるはず。

本人がどう思うかはともかく、俺はとてもいいことをしていると思うのだ。

「ところで、その罪状だといかほど収監されるのだ？」

「およそ二十五年から三十年ですね」

国が運用している防衛隊の船に攻撃を命令したのだ。

終身刑や死刑にならないだけマシであろう。

お上に危害を加えるということは、平成を生きる日本人が思う以上に重罪なのだ。

もし王国で類似の罪を犯した場合、最悪死刑もあり得た。

えっ？　アナキン？

あいつはあくまでも命令されてやっただけだし、司法取引は終わっているので例外です。

「実害がなかったのと、あとは刑務所内でどう過ごすかですね。模範囚だと二十年くらいに縮まるそうです」

「なるほど。リンガイアと乗組員たちが戻るのであれば問題ない。あの船が戻ったら、今度は東方にでも探索に出そうと思う」

陛下も、バカなことをしたプラッテ伯爵の息子には内心激怒しているのであろう。

彼の話はすぐにしなくなった。

それよりも、リンガイアを利用した探索を続行したいようだ。

このリンガイア大陸で繁栄した古代魔法文明の崩壊以来、周辺地域の探索はほとんど行われていない。

王国としても、人口が飽和した際に移民可能な土地が欲しいのであろう。

今はリンガイア大陸の開発すら終わっていない状態だが、一国を支配する為政者としては長期的な視野でものを考えなければいけないわけだ。

そういえば、バウマイスター伯爵領南方諸島群以南の探索もいつかしないといけないな。

「とはいえ今は、魔族への対応で精一杯だがな」

大半は、理性的な連中である。

『人間の国に侵攻だぁ――――！　人間は皆殺しじゃぁ――――！』という種族でないのは救いだが、潜在的な力が大きすぎる。

交渉は自然と慎重にならざるを得なかった。

「実は、帝国も交渉団を送り込んでいての」

「ペーター……じゃなかった、向こうの陛下は交渉団を送るのが遅かったですね」

「様子見であろう。様子を見ていた帝国の方が案外有利かもしれぬぞ」

魔族も王国も帝国も、それぞれに思惑がある。

利害関係の調整から始めるとなると、一体いつ交渉が終わるのかわからなくなってしまう。

「魔族の国には、外交を行う部署がなかったそうだの。急遽、作ったとか？」

「一万年以上も外国と交流していませんからね」

「帝国が送ったという交渉団と交渉はしておるそうだが、魔族側は全員外交に疎いようで、なかなか話が進まないらしい」

魔族の国は、政権交代もしているからな。

実力のある実務者が送れなかったのであろう。

その辺の情報は、すでに王国も掴んでいるようだ。

俺が利用した官僚たちはリンガイア解放交渉では働いてくれたが、外交交渉の場合は表立てば政治家から出しゃばりだと文句を言われてしまう。

彼らは補佐役に徹するしかないと思われるので、交渉は進まない可能性が高い。

「他にも問題がある。交易をするにしても、貨幣の交換比率とかがある」

「下手な交換レートにすると、一方的に富が流出しますからね」

幕末の日本のように、国内と国外の金銀交換レートに差があって、一方的に金銀が国外に流れ出たようなことがあれば、王国の力は急速に衰えてしまう。

焦った帝国がミスをしても同じだ。

なにしろ、王国と帝国ではほぼ同じ貨幣を使用しているのだから。

「魔族の国は、優れた魔道具を輸出したいようだな」

「陛下、そのようですね……」

「もう嗅ぎつけたらしい。魔道具ギルドが大騒ぎしておる」

どう贔屓目に見ても、王国と帝国の魔道具が魔族の国の魔道具に技術力で勝てるはずがない。

俺の見立てでは、軽く数百年くらいは格差があるはずだ。

魔族の国の魔道具は量産技術に優れており、価格もそこまで高くない。

もし魔族の国から大量に魔道具が流れ込めば、魔道具ギルドは開店休業状態になるであろう。

「魔道具ギルドが騒いでいるのは、帝国も同じだ。ミズホ公爵領、あそこもな」

ミズホ公爵領の魔道具は、王国や帝国のものより優れている。

その優位が崩れるのだから、騒いで当然であろう。

「関税をかけるか、輸入量を制限するかですね」

「そんなところであろう」

だが、関税をかけるにしても、輸入量に制限をかけるにしても、具体的な数字を探らないといけない。

第一、向こうが自由貿易を主張して受け入れない可能性もあるのだ。

「帝国の皇帝も困っておるようだな」

「でしょうね」

内乱を機に、王国と帝国は直接会話が可能な魔導通信機を設置した。

いわゆるホットラインというやつだ。

二人とも、魔族の国への対応に悩んでいるのであろう。

異文化コミュニケーションと軽く言うが、そんなに簡単に仲良くなれたら戦争なんて起きない。

双方がある程度納得する条件で交流を始めるまでに、とてつもない時間と労力が必要なのだ。

「暫(しばら)くは、ユーバシャール外務卿に任せる」

「そうですね」

今回の交渉は、あくまでも臨時の仕事であった。

ここで俺が、ユーバシャール外務卿の職分に口を出すのはよくない。

面倒なので出したくもないけど。

とか言いながら、俺も短期間で二度も特使をしたな。

「それでは、私は領地に戻ります」

「バウマイスター伯爵、ご苦労であった。経費と褒美を受け取って戻るがいい」

陛下の元を辞した俺は、『瞬間移動』でバウマイスター伯爵領へと飛んだ。

屋敷に入ると、早速ローデリヒが出迎えてくれる。

「お館(やかた)様、大変でしたな」

「まあ、仕方がないさ。それよりも、俺はプラッテ伯爵を完全に敵に回したぞ」

プラッテ伯爵としても俺を罵倒するわけにはいかないだろうが、息子を外国の官憲に売り渡した俺への憎しみでいっぱいであろう。

「仕方がありませんな。プラッテ伯爵と彼と親しい連中には気をつけます」

「少しくらいは注意されると思ったんだが」

いくら、敵対していることがハッキリわかった方がいいと言われても、社交辞令でも仲良くしていた方がいいような気もしないでもないからだ。

「そういう八方美人的な対応をする貴族もいますが、お館様ほど大貴族になってしまいますと、仲が悪い貴族がいても仕方がありません。やはり、敵だとわかっている方がこちらも対応が楽なのです」

敵だとわかれば、偽りの好意や善意に騙（だま）される心配もないか。

その貴族と仲がいい貴族にも注意を向けられる。

「ニコニコしながら利き手同士で握手をしたと思ったら、実はそっちが利き手でなく、本当の利き手でナイフを握っている。比喩表現ですが、貴族とはそんなものなので」

「なるほど」

上手（うま）い例えだな。

貴族は油断できないってのがよくわかる。

「それにしても、今回の動乱。ホールミア辺境伯は大損でしたな」

交渉は続いているが、テラハレス諸島は魔族の軍勢に占拠されたままだ。

軍事基地の建設も少しずつ進んでいる。

交渉の場は帝国も加え、その軍事基地の一角に場を移していたが、肝心の交渉はあまり進んでいない。

二ヵ国間でも交渉が纏（まと）まらないのに、三ヵ国に増えれば余計に纏まらなくなって当然だ。

しかも、今の帝国はミズホ公爵家にもそれなりに配慮が必要な状態なのだ。

「諸侯軍の動員解除は難しいか」

「完全には無理です」

ホールミア辺境伯としては、今の状況ですべての諸侯軍の動員を解くわけにはいかないのだ。

数は大分減らしたそうだが、それでも大きな負担である。

軍隊は、なにもしなくても費用を消費してしまうからだ。

「まあ、うちは唯一動員されていたお館様たちが戻られたので、これで安心して領内の開発に集中できますよ」

魔族関連の件はまったく解決していないように見えたが、俺は国王陛下でも外務卿でもないからな。

自分の領地だけ心配しておけばいい。

というわけで、俺たちは元の生活に戻ることになった。

＊　＊　＊

「この小山は崩して平地にした方がいいかな？」

「そうですわね。ここが平地になれば宅地も作りやすいでしょう」

バウマイスター伯爵領には未開地が多い。

というか、ほぼ未開地なので土木工事を進めていかないと人口が増えた時に困ってしまう。

バウマイスター伯爵領には移住条件がいいからと、土地を持てない農家の次男三男や、弟子入りして独立したものの客がいなくて困っていた職人、居場所がない貴族や陪臣の子弟が王国中から集まっていたので、彼らが住めるよう宅地や農地の造成は急務であった。

一緒に魔法で整地を行うカタリーナも、今では慣れたものだ。

「先生は、もう魔族の国と交渉しに行かないのですか?」

俺に魔法を習いながら土木工事も手伝ってくれているアグネスたちは、西部行きに同行しなかった。

日本とは違って事件の詳細が知られるのに相当な時間がかかるため気になっていたらしく、俺に魔族の国のことを聞いてきたのだ。

「あれ、纏まるのかね?」

「ええっ――――! いいんですか?」

「いいも悪いもねえ?」

「そうですわね」

国同士が外交交渉を重ねたところで、必ず交渉が妥結する保証なんてない。

「魔族の大半は、大陸を侵略したいとは思っていない」

自分たちが住む島ですら人口減で放棄した場所が多いのに、大陸を占領しても維持が難しいからだ。

ただ、大企業としては自分たちの五十倍以上という市場に進出したい意図はあった。

ところが、彼らが生産する量産品が大陸に流れると我が王国の魔道具ギルドは確実に衰退する。

食料生産はどうであろうか？

魔族の国の食料生産量と技術は凄いが、多分値段が高すぎて一部富裕層しか購入できないであろう。

むしろ、王国から安い食料が大量に魔族の国に流出しかねない。

王国は食料が不足気味なのだが、商人からすれば儲かる方に食料を売るのは当然である。

魔族の国は、自国の農業というか食料自給率を守るために関税をかけるなり、食料の輸入禁止をしようとするであろうから、そうなると王国側も輸入する魔道具に高額の関税をかけるか、輸入禁止ということもあり得るわけだ。

「先生、難しいお話ですね」

三人の中で一番年少のシンディが、額に皺を寄せながら言う。

「そうだな。説明している俺が一番意味がわからない」

「正式に交流をするにしても、お互いに事情があるのですね」

「そういうことだね」

ベッティは柔らかく言っているが、ようは既得権益を侵される側の反抗勢力が強いのだ。

王国側は魔道具ギルドの反発が強い。

圧倒的に技術力に優れた魔族の国の魔道具が輸入されるようになれば、彼らの力は大きく落ちてしまうからだ。

『最新技術を仮想敵国に独占されるのは危険』だと、少し本末転倒というか誤魔化しの言い訳で魔道具の輸入阻止を訴えているらしい。

魔道具ギルドは金もあるし、ギルド運営のために貴族の子弟を多く雇っている。

もし魔道具ギルドの売り上げが落ちれば彼らから首を切られるわけで、多くの貴族がユーバシャール外務卿に圧力を加えていた。

魔族の国側も農業、畜産、漁業関連の会社や関連団体からの圧力を受けていないはずがなく、これで交渉が上手くいくはずがないのだ。

「問題なのは、いまだに魔族の国側がテラハレス諸島を占領していることだな」

『こちらの領地を勝手に占領した魔族は信用ならない！』と言う貴族たちも多く、そんな彼らが交渉を締結しても順守されないかもしれないと騒げば、一定の支持を受けてしまうことにも問題があった。

魔族の国としては、テラハレス諸島は無謀な攻撃を仕掛けてきたヘルムート王国から賠償で貰うべき島、という認識が一部に存在するのも困った問題であった。

あの諸島はホールミア辺境伯領であるから、王国が勝手に外交交渉で譲渡するわけにもいかない。

その事件で王国は謝罪しているし、実行犯たちは処罰された。

これで終わっているはずなのに、勝手に領地を奪われては堪らない。

誰も使っていない諸島であるが、貴族と国家のプライドもあって、そうホイホイと他国に譲れるわけがなかった。

「つまり……」

「交渉はもの凄く長引くから、ヴェルは自分の領地のことだけ考えればいいのさ」

「手の出しようがないですけど……」

今日の工事現場には、エーリッヒ兄さんも同行していた。

彼は陛下から直々に、バウマイスター伯爵領の開発が順調に進むよう、その補佐と連絡役を任じられている。

今日は視察のためにここに来ていたのだ。

「ヴェルは臨時特使として魔族の国に行ったし、交渉でも成果を出した。これ以上はやってあげる必要はないね。それよりも、領地の開発の方が重要さ」

外交交渉の間も、王国は統治と内政を行わないわけにはいかない。

むしろ魔族の国に対し、我が国は常に発展し続けているのだとアピールしなければいけなかった。

「ヴェルが、アーネスト殿からの情報と合わせてゾヌターク共和国の報告を挙げたでしょう？　向こうは人口が減り続ける社会だそうだから、うちは発展し続けていることをアピールしてプレッシャーを与えるわけだね」

技術力や魔法使いの数では相手にならないので、勝てる要素で魔族の国にプレッシャーを与えるわけだ。

これも一種の戦争であろう。

「帝国もいるからね。あの国は内乱で大きなダメージを受けたけど、中央の力が強くなった。長期的に見れば大きく成長するだろう」

今まで顔色を窺(うかが)わなければいけなかった選帝侯家の多くが没落し、新皇帝であるペーターは若くて有能だ。

内乱で荒廃した国の復興という名目で大規模開発も次々と進んでおり、油断していると王国は帝国に国力で抜かされる危険もあった。

「暫くは帝国との関係も悪くないと思うから、その間に王国も力を蓄えないといけない。魔族の国との交渉は帝国も加わって余計に複雑化したんだ。時間は稼げるだろうね」

交渉の停滞、時間がかかるのは、むしろ王国にとって有利というわけか。

「帝国の交渉団も、魔族の国の言い分に首を傾(かし)げているらしいけど」

『野生動物が可哀想だから狩猟はやめろ』と言われては、帝国も混乱して当たり前か。

「そんなわけで、うちはうち、余所(よそ)は余所という結論に至るわけだね。私は財務閥の法衣貴族だから、ヴェルの領地が栄えて間接的に王国の税収が上がれば評価される。王国政府とバウマイスター伯爵家の関係が良好ならもっと評価されるわけさ」

エーリッヒ兄さんは財務閥の貴族だから、端的に言ってお金が最優先だからな。

金がないのは首がないのと一緒なのは、どの世界でも同じだ。

お互い、金のない実家で苦労もしている。

「それで、開発を促進するのですか?」

「それもあるけど、実は王国から依頼を受けていてね」

「依頼ですか?」

「そう、バウマイスター伯爵家が領有している南方諸島群があるよね?」

「ええ……」

南の海岸からそう離れておらず、俺が見つけた島なので、王国からバウマイスター伯爵領と認知されていた。

野生のサトウキビが大量に生えている島が多く、現在、数百人がサトウキビの栽培と製糖業を営んでいる。

漁業も盛んで港も整備されており、徐々に人口が増えていた。

「そのさらに南に、なにがあるのかというお話さ」

「ですが、探索には大型の船が必要なのでは？」

西方探索では、リンガイアを出航させたくらいだ。

うちで運用している魔導飛行船では、そう遠くまで探索もできない。

「そこまでの大探索なら、王国が大型の船を出すよ。今回の探索は、せいぜい数百キロ。バウマイスター伯爵家で所持している魔導飛行船の行動範囲内だね。バウマイスター伯爵領全体の把握を行う必要もあるわけだ」

「新領地探索ですか……」

大型船で探らなければいけない新領地は、王国が船を出して領有権も王国にあるというわけか。

「西方探索で魔族が見つかってしまったからね。北方は帝国が探索隊を出す予定だと聞いている。東方も同じでね。王国は計画を立てているよ」

先に帝国に見つけられてしまうと領有権を確保できないから、王国もとにかく早く探索隊を出したいというわけか。

南方は、バウマイスター伯爵領の確定作業というわけだ。

「わかりました。ローデリヒに言って船を準備させましょう」

「私も同行するよ」

魔族との交渉はまったく進んでいなかったが、バウマイスター伯爵領の開発は進めないといけない。

そのための領地確定作業を行うため、俺は南方探索隊の編成をローデリヒに命じるのであった。

第六話　南国少女と光源氏計画？

「伯爵様、男ばかりでムサいな」

「仕事ですからしょうがないですよ」

「まあ、気楽で開放的だと思えばいいのである！」


なかなか纏まらない魔族との交渉はお偉いさんに任せるとして、バウマイスター伯爵領に帰還した俺は、古い中型の魔導飛行船を用いた南方探索隊を出航させた。

この船で行ける範囲内で島などを見つけたら、これをバウマイスター伯爵領に編入できるわけだ。

船はバウマイスター伯爵家で運用しており、船員は雇い入れた元空軍軍人たちが多いので練度も士気も高い。

他にも、地図を作製する文官たちに、エーリッヒ兄さんは王国からの監査役として、ブランタークさんはブライヒレーダー辺境伯の代理扱いで、あとはエルと導師も参加していたが、導師は楽しそうだからという理由で勝手に参加していた。

彼自身に、具体的な仕事があるわけではないのだ。

王都でもっと重要な仕事があるんじゃないかと心配になるが……導師だからなぁ……。

よほどのことがなければ、部下に押しつけるスタンスなのであろう。

だからこそ、ちょくちょくバウマイスター伯爵領にやってこれるのだろうけど。

「導師、王城にいなくていいのですか？」

「魔族がすぐに戦争を吹っかける心配もなくなった以上、某がいても無意味なのである！　王城にいると書類を寄越す連中もいるので、いない方がいいのである！」

「ぶっちゃけるなぁ……」

「あんなもの、誰がサインしても同じである！」

「いや、中身は確認しておけよ。いい大人なんだから……」

堂々と書類仕事は嫌だと断言する導師に、エルが呆れていた。

ブランタークさんも、書類はサインする前にちゃんと内容を読んでおけと釘を刺したが、さすがの導師も書類の内容を読まずにサインするなんて……ないよね？

「空と海が青いなぁ」

南端の港から出発し、漁業と製糖事業関連の開発が進む南方諸島を眼下に眺めつつ、魔導飛行船は南方を進んでいく。

途中で島が見つかると文官たちが上陸し、測定をしながら地図に書き込んでいた。

彼らは王国から派遣されており、この船で行ける範囲内にある島はバウマイスター伯爵領であると、その証拠となる地図の作製を行っているのだ。

あとで揉めないよう、役人である彼らは真面目に地図の作製作業に没頭していた。

「彼らの十分の一でいいから、導師が真面目ならな」

「あはは……」

まさかそうですねとも言えず、俺たちはブランタークさんの呟きをスルーした。

「これまで、大きな島はありませんでしたね」

いくつか小さな島が見つかったが、どれも人が住めたとしてもわずかだと思う。

地図には記載したが、殖民するかどうかは……ローデリヒ次第であろう。

「南方になにがあるのか、今まで確認した者はいなかったのである！　探索は、まだこれからである！」

今回は、船員も含め男性ばかりで探索を行っている。

どうせ長くても半月ほどで終わるし、たまには男だけで気を抜きたいという理由からだ。

西部に奥さんと赤ん坊を連れていったのは、あの時は紛争地域がテラハレス諸島だったのでそこまで危険じゃないと判断したのと、エリーゼたちが自分の赤ん坊は自分で面倒を見たいと願ったからだ。

今回の探索は短期間であるし、未知の領域というわけでエリーゼたちは留守番になった。

結果、こうして男ばかりの探索隊となったわけだ。

「なあ、ヴェル」

「なんだ？　エル」

「無人の島ならいいけどよ。もし住民がいる島があったらどうするんだ？」

「陛下に報告し、判断していただく」

魔族の件からわかるとおり、異民族が住む島が見つかったら王国政府に丸投げ……じゃなくて任せるのが一番であろう。

バウマイスター伯爵家からしても、未知の異民族を統治したところで利益になる可能性が低く、下手をすると手間ばかりかかって大損をする可能性の方が高かったからだ。

「ミズホのような扱いにするか、そこの長を貴族に序してもらうか。そうなれば、交易だけすればいいからな」

お互い、あまり干渉しない方が幸せってものだ。

民族や文化が違うのに無理やり一緒にしても、騒動が起こるだけだからな。

「王国に任せた方が無難か」

「陛下は魔族の国との交渉に忙しく、こちらに丸投げされる可能性もあるのである！」

「それはあるかもしれませんね、導師」

「バウマイスター伯爵、覚悟しておくのである！」

もし島に住む住民が少数の場合、そういうことも起こり得るわけだ。

ユーバシャール外務卿に交渉を頼んでも、今は魔族の相手が忙しいからなにもしてもらえないかもしれない。

導師とエーリッヒ兄さんからそう言われてしまうと、現実味がありすぎて怖かった。

「無人島しかなければいいな」

「ブランタークさん、俺はその可能性は低いと見ているのです」

一万年前に古代魔法文明が崩壊した時、ミズホ人の先祖たちは、未開地からリンガイア大陸中を放浪してアキツ大盆地を新たな故郷とした。

ミズホ公爵が言うには、先祖がミズホ人全員を率いたとは思えず、他にもミズホ人が住んでいる場所があるかもしれないと。

ミズホ人だけじゃない。

古代魔法文明崩壊後の混乱から逃れるため、当時探索が始まったばかりの南方や東方に逃げ込んだ人たちがいても不思議ではなかった。

「ははは、そこの領主に娘がいて、ヴェルが娶る羽目になったりして」

「エル……」

そういう不吉なことを言うなよ。

もし現実になったらどうするつもりだ。

「お館様！　大きな島が見えます！」

「こらっ！　エル！」

お前がそんなことを言うから、大きな島が見つかってしまったじゃないか！

「有人とは限らないじゃないか。まずは探索だな」

「船長、上陸の準備を」

「畏まりました」

まずは、その島の情報を集めないといけない。

段々とその全容が見えてくるがその島はかなりの大きさで、海岸と一部隣接する土地以外は鬱蒼としたジャングルに覆われていた。

そして、島の中心部に標高の高い山が見える。

山は形が富士山に似ており、八合目付近くらいからは根雪も確認され、ここは南の海上なのに一種独特な光景を作り出していた。

「標高が高いから、山頂付近に雪があるのか？」

形は似ていても、その山は富士山ほど標高が高くない。

ここは熱帯なのに、あの程度の標高で山の頂上付近に根雪が残るものなのだろうか？

他に原因があるかもしれないが、それは調査してみないとわからない。

「ヴェル、集落が見えるけど」

「エルぅ～～～！」

お前が余計なことを言うから住民がいたじゃないか！

「すげえ言いがかりだな！　俺のせいじゃないってーの！　人口も少なそうだし、上手く領民になってもらおうぜ」

「エルの坊主、それは難しくないか？」

エルの楽観論に、ブランタークさんが異論を挟んだ。

彼らは、一万年も他者と交流がなく独自に生きてきた連中だ。

いきなりバウマイスター伯爵領の領民になれといっても反発するかもしれない。

「その前に、言葉が通じるかな？」

「それはわからん」

エルの疑問に、ブランタークさんも答えられなかった。

魔導飛行船が島に近づくにつれ、集落から数百名の住民が集まり、こちらを指差して驚いていた。

どうやら、彼らは魔導飛行船を知らないようだ。

初めて見る魔導飛行船に、興味と不安が入り混じった状態なのであろう。

「さて、降りるぞ」

「もうか？」

「時間が惜しいし……」

『探知』の結果、彼らの中には魔法使いが一人しかいなかった。

しかもその反応は、集落の奥にある大きな家の中から感じる。

この人物が集落の主で、こちらの様子を窺っているのかもしれない。

どのみち、この人物以外で俺たちにとって脅威となる人間はいないはず。

「向こうの様子を探りたいじゃないか。もし敵対行動をされても大丈夫」

俺、ブランタークさん、導師がいるので、奥に引っ込んでいる魔法使いにもどうにもできないであろう。

この人物は、魔力量でいえば中級がせいぜいであったからだ。

「というわけで、船長は警戒態勢を維持するように」

「了解しました。お館様、お気をつけて」

魔導飛行船は上空に待機させ、俺たちは『飛翔』で島へと上陸する。

エルは、導師がおんぶして一緒に降りた。

「この集落の代表者はいるか？」

「村長は屋敷におりますが、お話なら私が聞きましょう」

言葉が通じてよかった。

俺たちを興味深そうに見つめる数百名の住民の中から、一人の老人が前に出てこちらの問いに答えた。

「村長は？」

「ええと……村長には、少し難しいお話と申しましょうか……私は副村長のネイと申します。事務的なお話ならば、私にしていただけますと……」

魔法使いと思われる村長は、病気かなにかなのであろうか？

それとも、交渉の一手段としてわざと顔を出さないとか？

「まあいい。実はだな……」

俺の代わりにエルが説明する。

自分たちはリンガイア大陸南端の未開地を新たに領地としたバウマイスター伯爵家の者であること。

南下して領地の確定作業を行っており、その途中でこの島を見つけたこと。

できれば、バウマイスター伯爵領の領民になってほしいこと。

嫌ならこの集落の長を貴族にしてもらうので、ヘルムート王国と相談することなどを説明した。

「この集落の村長を領主にして、ヘルムート王国の貴族になるという手もあります。うちが寄親になると思いますけど」

さて、問題は彼らがこの条件を受け入れるかだ。

一万年も独自にやってきたのなら独立独歩の姿勢が強いだろうから、どこかに属するのを嫌がるかもしれない。

「構いませんよ。むしろ喜んで」

「えっ！　いいの？」

随分あっさりとこちらの要求を受け入れるから、俺は逆に怪しいと感じてしまった。

前世も含めて今まで生きてきて、美味(うま)い話には裏があったケースも多かったからなぁ……。

「我々が呆気(あっけ)なく提案を受け入れたので疑問に感じていらっしゃると思いますが、それにはちゃんと理由があるのです」

副村長のネイ氏は、なぜバウマイスター伯爵領の領民になるのを受け入れたのか、その理由について説明し始める。

「それは、この集落が成立した理由からきています」

一万年以上も昔、この集落の住民の先祖はリンガイア大陸に住んでいた。

「大崩壊により、我らの祖先は危険なリンガイア大陸から南の海に逃れたのです。ですが、その海も安全ではありませんでした」

船で海上に出た彼らは、大量に出現したサーペント（海竜）の群れに襲われその多くが犠牲となった。

「あれ？　魔物は古代魔法文明崩壊後に生まれたのでは？」

「伯爵様、サーペントは動物だ。急に海上に多くの人が現れたから集まったんだろうな。餌がいっぱいあるって」

「そのとおりです。我々の祖先も大半がサーペントに食べられてしまい、わずかな生き残りのみがこの島に逃れたわけです」

生き残りはわずか三十名ほど。

船も壊れ、多くの物資や道具も失い、この島でほぼ一から文明を築き直すこととなった。

「そんなわけでして、いい移住先があれば喜んで向かいます」

「この島に住まないのか？」

「少なくとも、我々には拘りはありませんから。この島は、九割の領域が魔物の棲む場所なのです」

「あれ？　魔物の領域も古代魔法文明崩壊後なのでは？」

膨大な魔力が爆発して各地に飛び散り、強い魔力の塊によって魔物と魔物の領域が生まれた。

ならば、崩壊直後に上陸したこの島が魔物の領域になるのはおかしくないか？

「昔は普通の森だったそうです。それが、あの南山を中心として徐々に魔物の領域が広がっていきました」

副村長は、頂上に根雪が残っている山を指差した。

魔物の領域が完成する途上に巻き込まれ、彼らは海岸沿いのわずかな土地に住めるだけになってしまったそうだ。

「魔物に殺された者は数えきれません。島のわずかな土地で養える人数は限られていますし、必要な物資も集まりにくいですし、なにより食料が不足しやすく……」

人が使える土地が狭い以上、農業にも限界がある。

狩猟も、動物に関してはほとんどあてにならないはず。

魔物を狩るといっても、普通の人間にはかなり困難な作業だ。

この人口だと、魔法使いも滅多に出ない。

結果、一万年で大して人口も増えなかったわけだ。

「脱出は考えなかったのか？」

エルが、ならば他の島に移住すればいいのにと言う。

「実はこの島、周囲をサーペントの住処（すみか）や縄張りに囲まれておりまして……」

小さな船で出航したら、たちまちサーペントの餌になってしまうのか。

「そんなわけでして、どこかいい移住先があれば喜んで従います」

「ないこともないけど……」

南方諸島でいくつか無人島があるので、そこで漁やサトウキビ栽培をすればそう生活に困らないはずだ。

現在、帝国でも消費量の増大で砂糖が不足しており、ペーターから生産量を増やしてほしいと頼まれていた。

新フィリップ公爵であるアルフォンスをせっついてビートの栽培も増やさせているそうだが、この世界のビートは品種改良が進んでいないので糖分が低い。

大量に作らないといけないので、なかなか需要に追いつかない状態だそうだ。

「サトウキビの栽培なら、普段からやっているので大丈夫です」

確かに、集落の周辺にある小さな畑にはサトウキビが植わっていた。

その代わりに、他の作物はわずかな芋と野菜くらいしか植わっていない。

農地にできる土地が少ないようで、土地のやり繰りに苦労しているようだ。

「空を飛ぶ船があるのなら、我らはすぐにでも脱出できますとも」

「よかったなぁ」

「やっとこの島から出られるね」

この島は、住民たちに異常に人気がなかった。

故郷への思いとか、郷土愛とか微塵も存在しないようだ。

副村長以下、すべての住民が島の外に移住できると喜んでいる。

「少しは故郷に未練とかないのか？」

「未練ですか……まったくないとは言いませんが、差し迫った状況がありまして……」

副村長は、エルの疑問に焦ったような口調と態度で答えた。

どうやら一刻も早くこの島から出たいようだ。

「なぜ急ぐんだ？」

「若い騎士様。さっきも言ったとおり、この島はサーペントの住処に囲まれているのです。サーペントは本来陸地にはあまり近寄らないのですが、この島は例外です。今年も漁に出た者が三名も食われまして、魚が獲れないので食料が不足しているのです。村長に撃退をお願いしているのですが、最近はサーペントの襲撃が増えておりまして。どうやら、人間の肉の味を覚えてしまったようです」

人間は毛が少ないから、肉食の野生動物や魔物が好んで食べると聞いたことがある。

そして一度人肉の味を覚えると、繰り返し襲撃するようになると。

ああ、それは熊か。

「というわけでして……」

「副村長！　出たぞぉ――――！」

「またか！」

突然村人らしき男性の叫び声が聞こえ、俺たちが海上を見ると数匹のサーペントの姿が見えた。

サーペントたちはこちらを見つけると、鎌首をもたげて陸へと向かってくる。

「女性と子供は逃げろぉ――――！」

「魔物の領域には入るなよ！」

突然のサーペントによる襲撃で、住民たちは急ぎ内陸部へと逃げていく。

あまり森の奥深くまで逃げると魔物に襲われるので、ギリギリのところまで逃げるようだ。

「（毎日のようにこの怪獣に襲撃されているのか……）そりゃあ、移住を希望するよな」

船で逃げようにも、サーペントに見つかって捕まってしまう。

人口から考えると魔法使いは滅多に出現せず、彼らはサーペントの襲撃に怯(おび)えながら生活するしかなかったわけだ。

「村長に撃退してもらうしかねぇだ」

「だが、村長はお疲れじゃねえか？」

「んだども！」

このところサーペントの襲撃が頻繁なようで、村長とやらは疲れきっているらしい。

だから俺たちが現れても顔すら出さないのか。

それにしても、どんな村長なんだろう？

「村長を呼びに行ってくるだ」

「つい半日前にも襲撃があって、サーペントを追い払うのに魔力を消費してしまったべ！　みんなで森の奥に避難するしかねえだ！」

「それはええが、村はどうする？　村長が追い払ってくれないと、家や畑が壊されてしまうだ！」

サーペントは水生生物だが、陸上で活動できなくもない。

海岸から百メートルくらいなら普通に上陸し活動できた。

餌となる人間を捕らえるために、村の家を破壊するくらいのことはできるのだ。

もし村の家や畑が破壊されてしまうと、サーペントからは逃れられても住む場所は破壊され、作物も駄目になってすぐに食料が不足してしまう。

村長はそれを防ぐために、このところオーバーワークを強いられているようだ。

「村長にこれ以上無茶をさせるのは……」

「それはわかってるだ！　んだども、他に方法が！」

「大丈夫、私がサーペントを追い払うから！」

村人たちが言い争っていると、ついに噂（うわさ）の村長が姿を見せた。

「ええ――い！　サーペント覚悟しろ！　私が追い払ってやるんだからぁ！」

「「「「……」」」」

多発するサーペントの襲撃で村長の魔力の消費は激しいようだが、やる気は十分なようだ。

だが、村長の姿を見た俺たちは絶句した。

なぜなら……。

「あの……お嬢さん？」

「あっ、もの凄く格好いいお兄さんだ。お兄さんも避難しないと駄目だよ」

「そのつもりだけど、お嬢さんが村長さんなのかな？」

「うん、私が村長さんだよ」

村長は女性であり、子供……幼女と言っても過言ではない幼さであった。

前世で見た、南の島に住む少女が主人公のアニメのように、薄麻色でワンピース風の貫頭衣を着ており、オレンジ色のショートボブヘアには貝殻の髪飾りをつけていた。

彼女はイケメンであるエーリッヒ兄さんに話しかけられると、とても嬉しそうに答える。

いついかなる時も、イケメンは得だという証拠だ。

そして問題は、村長が女性ということではない。

あまりに幼すぎるのだ。

「私は村長のルルだよ。よろしくね」

「こちらこそ、私の名前はエーリッヒです」

「エーリッヒ様ですね」

このルルという村長、どう見ても五歳くらいにしか見えない。

年齢の割にしっかりしているようで、イケメンであるエーリッヒ兄さんと楽しそうに話しているが、こんな子供に村長をやらせてサーペント撃退までさせているとは……。

「おい、ジジイ」

「仕方がないんですよぉ――――！　魔法を使えるのが村長しかいないから！　我々だって苦渋の決断なんです！」

幼女にサーペントを撃退させている村人代表である副村長をエルがジト目で睨み、それに副村長が全力で言い返した。

自分にそれができるのなら、とっくにやっていると。

「成人男子で警備隊くらい作れよ！」

「彼らは住民の避難で精一杯なのです！　それに、もしサーペント撃退で負傷したり死亡したら、誰が畑を耕すのです？　我々だって精一杯で、村長もそれをわかってくれているから……」

どうやらこの村、俺たちが思っている以上に切羽詰まっているようだ。

エルも、それ以上はなにも言えなくなってしまった。

「大丈夫です。私が撃退しますから」

「あのよ。それは結構なことだが、お嬢ちゃんの杖は？」

「杖？　杖ってなにに使うの？」

「「「「……」」」」

続けて、俺たちは絶句してしまった。

なんと、このルルという幼女は杖を持っていなかったのだ。

この年齢で中級相当の魔力を持つのだから天才レベルの魔法使いだと思うが、それでもまだ中級なので、杖がないと魔法の威力が落ちてしまう。

幼い少女が、しかも一人で、杖なしでサーペントの群れに立ち向かっている。

実は中級ならサーペントを倒せないこともないのだが、なぜ追い払うことしかできないのかようやく理解できた。

「副村長さんよ」

「杖なんてどうやって作ったらいいかわからないし、上陸時に持ち込めた荷の中にもなかったんですよぉ――――！」

エルに続きブランタークさんが副村長に苦言を呈し、彼は再び強く反論する。

もし持ち込めても、杖が一万年保つという保証もないか。

「大丈夫です。私がサーペントを撃退しますから！」

幼いのに使命感に燃えているようで、ルルはまたしても自分がサーペントを退治すると宣言した。

だが、俺たちがいてこの子にサーペント退治を任せるわけがない。

彼女の代わりに、サーペントの前に出た。

「あっ、俺が退治するから」

「お兄さんがですか？　大丈夫ですか？」

どうやらこの子、魔法は独学というより、ほぼ勘のみで使っていたようだ。

俺、導師、ブランタークさんを見ても魔法使いだと気がついていなかった。

他の魔法使いの実力を計る概念が存在しないのであろう。

「大丈夫。俺も、このオジさんたちも魔法使いだから」

「そうなのですか」

ルルは、俺たちを興味深そうに見つめた。

自分以外の魔法使いを初めて見たからであろう。

「これは、一から基礎を教えてやらないと駄目だな。まあ、それはあとだ」

ブランタークさんがルルを自分の後ろに庇(かば)い、俺と導師が最前線に立つ。

「エーリッヒ様？」

「彼は私の弟なのだけど、優秀な魔法使いだから大丈夫」

「エーリッヒ様がそう仰(おっしゃ)るのなら」

エーリッヒ兄さんの説明で、ルルは納得したようだ。

やはりイケメンの説得力は絶大だな。

「数は多いみたいだけど、所詮(しょせん)はサーペントだからな」

サーペントなんて、見た目が竜なだけだ。

退治など、さほどの難事でもない。

ヴィルマなんて、肉が美味(おい)しくて効率のいい獲物だって言っているくらいなのだから。

「バウマイスター伯爵、某もやるのである！」

「導師、死骸の回収が面倒なので引き寄せてくださいよ」

「今日は、サーペントの肉でバーベキューである！」

俺と導師が迫りくるサーペントをギリギリまで引き寄せ、ブランタークさんは万が一に備えて魔法の準備をしていた。

エルも念のために戦闘体勢に入っている。

「ヴェル、随分と数が多いみたいだけど……」

「サーペントは弱いので安心してください。数の多さは不利になりません」

「やはり魔法使いは凄いんだね。漁師たちは怖がっていると聞くけど」

文官肌のエーリッヒ兄さんからすれば、全長二十メートルを超えるサーペントが複数自分に迫ってくれば怯えて当然であった。

俺たちは、色々ともの凄いのを相手にしすぎて感覚が麻痺(まひ)しているだけだ。

「導師、数が増えていませんか？」

最初に比べると、こちらに押し寄せるサーペントの数が増えたような……。

ああ、俺たちがいるから餌が増えたと思ったのか。

しかも、逃げないで堂々と砂浜に立っているし。

「ちょうど十四なので、半分ずつ倒すのである！」

「わかりました」

俺は海水を巨大なランス状に凍らし、それをぶん投げてサーペントの口の中に突き刺した。

突き刺さった氷のランスは一撃でサーペントの後頭部まで貫通し、即死したサーペントはその場に崩れ落ちてしまう。

急所である延髄を貫けば、どんな生物でも即死して当たり前だ。

「次は某である！」

導師はその身に『魔法障壁』を纏うと、『飛翔』してサーペントに接近し、魔力を込めた拳でサーペントの頭部を殴った。

それだけでサーペントの頭部が大きく凹(へこ)み、そのまま倒れてしまう。

続けて、魔力を込めた足でサーペントの首にすれ違いざま蹴りを入れると、呆気なく首がちぎれて死んでしまった。

引き寄せてからの攻撃だったので、俺と導師の前に広がる海岸はサーペントの血で真っ赤に染まった。

なお、大半が導師の仕業である。

「あ――――あ」

「えっ？　駄目ですか？」

海岸の惨状を見て、ブランタークさんはため息をついた。

「首がちぎれてしまったのは、サーペントがモロすぎるせいである！」

「ハグレの個体ならいいけどよ。巣の近くだから、追加で血に釣られて来るぞ」

「そうだったのである……」

導師が言い訳をしたが、ブランタークさんはそれには答えず、他のサーペントが血で引き寄せられてくると彼に文句を言った。

「乗りかかった船である！　全滅させてしまうのである！」

「導師、その言い方は正しいのですか？」

「どうせサーペントは団体で来るのである！　せいぜい歓迎してやるのである！」

それから一時間ほど、俺と導師の奮戦により、おびただしい数のサーペントが討伐されたのであった。

＊　＊　＊

「夕食分にしては多すぎですね」

「数が多かったなぁ。これだと暫（しばら）く南に海上船を回さない方がいいかなぁ……」


結局、俺と導師により二十八匹ものサーペントが退治された。

現在、船に乗っていた料理人たちが夕食用に肉を切り分けているが、追加で来ないということはこの近辺のサーペントは全滅したのであろうか？

「サーペントの生態はわかっていないけど、ヴェルと導師殿が強くて隠れただけかもしれないよ。他に巣がない保証もないからね」

冷静で慎重なエーリッヒ兄さんは、この周辺のサーペントが全滅した確証がなく、油断は禁物だと俺に釘を刺した。

「暫くは、魔導飛行船を運用するしかありませんね」

海上船を運行させてサーペントの群れに襲われたら目も当てられない。

暫くは魔導飛行船を用いないと、南方諸島以南の島々に移動できないはず。

「陛下には事情を説明しておくよ。大型船に余裕はないけど、中型、小型の魔導飛行船をもっと回してもらう。幸い、就役する船は増えているからね」

今回は『なにか見つかったら、調査に参加するのであるな』と、バウマイスター伯爵領内の地下遺跡発掘に出かけてしまったアーネストだが、彼の発掘のおかげで、稼働する魔導飛行船が増えていたのは確かであった。

船を動かす人員の確保が大変であったが、それも王国空軍が訓練を請け負うことになった。

空軍軍人の採用も増えており、貴族の子弟は職が増えたと喜んでいる。

大貴族の中にも、独自に魔導飛行船の運用を開始したり、運用する船を増やす者が多かった。

元軍人たちを雇い、領内の若者や家臣の子弟を預けて訓練させている。

「王国は中、小型船を国内で大量に運用し、大型船は南方や東方との連絡に使いたいみたいだね。新大陸や無人の島々の開発も視野に入れているのさ」

南方開発を進め、ヘルムート王国全体の国力を増す。

ちょうど魔族という新しい仮想敵国も誕生したので、開発の促進は必須というわけだ。

帝国も独自に動くかもしれない。

俺とペーターは友人同士だが、個人的な友好関係と国家同士の関係は別だからな。

王国を出し抜くような策を弄（ろう）するかもしれないから、今のうちにやれることはやっておかないと。

「この島の魔物の領域は、あとで探索を兼ねて試しに狩猟をさせてみます」

魔の森みたいに貴重な魔物や採集物があれば、無理に解放する必要はない。

ここに冒険者専用の町を作り、冒険者の島にしてしまえばいいのだから。

「解放してから開拓しても限度があるか。大きな山もあるし」

「その前に、まずは住民たちの脱出ですね」

今日はもうサーペントは来ないはずだから、一泊してから彼らを移住させなければいけない。

南方諸島で開発中の場所があるので、そこに移住させて暫く生活を支援すれば大丈夫であろう。

サトウキビの栽培経験があるそうなので、すぐに仕事も始められるはずだ。

「脅威だったサーペントの肉がこんなに美味しいとは」

サーペントは大量に獲れたので、船員や村人たちにも提供された。

この島の住民は、久しぶりにお腹いっぱい食べられたようでとても嬉しそうだ。

またいつサーペントが現れるかもしれないので、俺たちは探索を一時中断して彼らを輸送することになった。

この島を出られる嬉しさもあり、村人たちは楽しそうに談笑しながら焼いたサーペントの肉を食べている。

「南方諸島のどこかに移住してもらうかな」

「それがいいだろうね」

似たような気候と環境なので、すぐに慣れるはずだ。

俺もエーリッヒ兄さんとそんな話をしながら食事をとっていたのだが、一つ気になることがあった。

「ヴェンデリン様、お肉のおかわりをどうぞ」

「うん、ありがとう」

「ヴェンデリン様は偉大な魔法使いなのですね」

「そうかな?」

「そうですよ。私なんて一匹も倒せなかったのに」

ルルの代わりにサーペントを退治してしまったせいか、俺は妙に彼女に懐かれてしまったのだ。

サーペント退治は導師もやっていたのだが、彼は元々子供受けがあまりよくない。

ブランタークさんは万が一に備えて準備はしていたが、実際に魔法を放っていない。

結果、俺は五歳の幼女にもの凄く付き纏われていた。

「ははは、ヴェルはモテモテだね」

ルルは魔法使いの素質がありながらも、現時点では中級レベルで、杖も持っていなかった。

サーペントの襲撃頻度が上がって魔力の回復も万全とはいえず、もしあの時ルルだけでサーペントを迎撃していたら負けていたかもしれない。

「そこにヴェルが救世主として現れたからね。魔法の威力も桁違いだし、好かれて当然だよ」

これは、エーリッヒ兄さんの発言である。

なお、彼も導師のことは軽くスルーした。

わざわざ導師が子供受けしない事実を口にして、彼に睨まれる必要はないというわけだ。

「ヴェル、お前は色々なタイプの女性にモテるな」

エルの奴、自分のことじゃないからって……。

あとで覚えていやがれ。

「ヴェンデリン様には奥様がいるのですか？」

「うん、それも複数」

エルは他人事(ひとごと)なのをいいことに、ルルからの質問に軽く答えていた。

「ヴェンデリン様ほどの偉大な魔法使いなら当然ですね。私も立派な魔法使いになって、ヴェンデリン様のいい奥さんになりますね」

「……」

そう言いながらニッコリと笑うルル。

現時点では娘のような愛らしさであったが、大きくなれば美人になると思う。

ただし、今は幼女でしかない。

愛でるよりも、保護する対象でしかないのだ。

「聞けばこの娘、家族がいないそうだぞ」

先ほどブランタークさんが副村長から詳しい話を聞いたそうだが、元々ルルは村の漁師の一人娘だったらしい。

父親は彼女が生まれてからすぐサーペントに食われてしまい、その直後に母親も病で亡くなってしまった。

家族を亡くしてしまったルルだが、生まれながらに魔力があったため、村の決まりとして村長に就任。

魔法使いが生まれなければ、副村長の家が代々村長を出す仕組みらしい。

戦闘力がある魔法使いに村長という地位を与え、実務は副村長が行うであろうから、半分名誉職みたいなものなのであろう。

「移住先では、魔法使いを村長にする必要もないからな」

そこならサーペントの襲撃もないわけだし、本来の村長で経験もある副村長に任せた方が安泰であろう。

ところが、ここでもう一つ問題が発生した。

村長としての役割を終えた彼女の養育を誰が担当するかであった。

『バウマイスター伯爵様、我々ではルルに魔法を教えられません。よろしくお願いします』

ルルはすでに両親を亡くしている。

親戚もなく、魔法でサーペントを追い払う仕事もなくなった。

そこで、彼女が立派な魔法使いになれるように養育してほしいと、副村長が俺に頼んできたのだ。

「ええと……」

「はい、喜んでお引き受けします」

俺が返事をする前に、エーリッヒ兄さんが了承してしまった。

「エーリッヒ兄さん？」

「断る理由もないじゃない。ルルちゃんは優秀な魔法使いになるわけだから、バウマイスター伯爵家で囲わない理由があるかな？」

エーリッヒ兄さんは優しくてイケメンだけど、貴族としても優秀であった。

ルルを俺が囲い込んで当然だと言う。

「身寄りのない魔法使いの子供。存在が知れたら貴族同士で奪い合いになるよ？　その方が、ルルちゃんにとって大変なことになるかもしれない」

変な貴族に囲われると、一生大変な目に遭ってしまうのは事実だ。

ましてや、ルルは女の子なのだから。

「幸いにして、ヴェルはルルちゃんに尊敬されているからね」

そして好かれてしまった。

俺の妻になると公言して、村人たちや船員たちもそれはよかったという顔をしている。

というか、誰か一人くらい異議を唱えてほしい……無理か……俺が村人でも伯爵様にはなにも言えないよな。

「暫くは、娘の面倒でも見ているのだと思えばいいんじゃないかな？」

エーリッヒ兄さんは随分と軽く言ってくれたが、翌日以降も幼女は俺の傍(そば)を離れなかった。

仕方がないので、魔法の訓練をさせながら島の住民たちの移住作業を指揮する。

魔導飛行船に村人と荷物を載せ、魔導携帯通信機でローデリヒと連絡を取り、指定された開拓村へと運んでいく。

何往復かする必要があるので、俺たちは島に残った。

サーペントの襲撃に備えるためと、再びここから探索を始めるためだ。

「ルル、三番を一つ上げ」

「はい」

「四番も一つ上げ」

「はい」

「七番は一つ下げ」

「はい……ああっ！」

ルルに俺が考案した魔法の鍛錬方法をやらせてみたが、まだ子供なのですぐに失敗してしまった。

この鍛錬方法は目の前に十個の小石を並べ、まずは全部を目線の高さまで宙に浮かせる。

物を動かす魔法は基礎中の基礎なので、それを利用した鍛錬方法だ。

小石に番号をつけ、一つ上げと言ったら指定された小石を目線の高さから五十センチほど上げる。下げと言ったら、同じく指定された小石を五十センチほど下げる。

簡単なゲームのような鍛錬方法であるが、これが意外と難しいのだ。

小石は十個あるので、すべてを指示された高度に維持するのが難しい。

ルルのように不慣れだと、指示に従おうとして一つの小石を動かそうとした瞬間、他の小石のコントロールが疎か（おろそ）になって落下させてしまうわけだ。

「なかなか上手くいかないです」

「最初は誰でも上手くいかないものさ」

「ヴェンデリン様もですか？」

「これは俺が考案したんだけど、考案者でも駄目だった」

アグネスたちにも教えてやらせたのだが、やっぱり最初は全然駄目だった。

一時間続けてできるようになったら、大したものというレベルの鍛錬方法なのだ。

ブランタークさんは、なんの苦もなく三時間ほどやってみんなを驚かせていた。

導師は十分も保（も）たないで、逆の意味でみんなを驚かせていたが。

「さて、休憩だな」

「ルルは大丈夫ですよ」

「ルル、魔法の道は一日にして成らず。鍛錬も大切だが、ちゃんと休憩もしないと駄目だよ」

「わかりました」

実際に接してみると、ルルは素直で可愛(かわい)い子であった。

話をしたり、魔法を教えていると、まるで娘でもできたかのような気持ちになってくる。

これからフリードリヒたちも大きくなって話をしたり、一緒に遊んだりできるようになるであろうから、その予行練習のような気持ちになってくるのだ。

「今日のオヤツは、魔の森のフルーツを使ったケーキだよ」

「うわぁ、凄いです」

魔法の袋から取り出した生クリームとフルーツたっぷりのケーキに、ルルは目を輝かせた。

この島にも甘味は存在していたが、それはサトウキビから採れる砂糖のみ。

しかもこれは、生きるためのカロリーベースとして計算されている。

オヤツとしてお菓子を食べる余裕など、この島には存在しなかったのだ。

「いただきます」

ルルは、美味しそうにケーキを食べている。

鼻の先にちょっとクリームがついているのも、余計にその可愛らしさを増していた。

「なるほど、この前イーナが読んでいた本にあった。とある男性が小さな女の子を引き取って、理想の女性に育て上げるんだ……うべら！」

「ヴェンデリン様、エルヴィンさんはどうして倒れているのですか？」

「石にでも躓(つまず)いたんじゃないかな？　エルはそそっかしい奴なんだよ」

「そうなのですか？」

「ルル、王都のお店で買ってきたクッキーもあるよ」

「わ――――い、ありがとうございます」

俺はおかしなことを抜かしたエルを、ルルから気づかれないよう『エアハンマー』で地面に押しつけた。

エルは、まるで車に轢かれたカエルのように地面にへばりついている。

人を『光源氏』扱いしやがって。

というか、この世界にも似たようなお話があるんだな。

なぜイーナがそんな話を読んでいたのか、ちょっと疑問が残ってしまったが。

「あとは夕方まで訓練して、夕食後には簡単な漢字を教えてあげよう」

「ありがとうございます」

この島の住民はひらがな、カタカナの読み書きはできた。

ルルもまだ五歳なのに頭がいいようで、ほぼ読み書きはできる。

でなければ、この幼さで納得してサーペントの迎撃はしないよな。

だが、漢字が読める人がいなかったので、俺がルルに教育することにしたのだ。

魔法使いが記した本の大半は、漢字が使用されている。

漢字を覚えないと本が読めないので、急ぎ覚える必要があったのだ。

「ヴェンデリン様のお話が聞きたいです」

「昔のお話でいいかな？　俺はルルよりも魔法に目覚めたのがちょっと遅かったな。暫く一人で修行をして、たまたま師匠に出会って……」

「凄いです」

純真なルルは、俺の話を目を輝かせながら聞いている。

一緒に夕食を食べ終わると、少しの時間、簡単な漢字から教えていく。

ルルはまだ幼いので就寝の時間が早いからだ。

俺も特にすることがなかったので、漢字の勉強が終わると彼女が早く寝つけるようにお話をしてあげた。

まるで父親のようなことをしているが、副村長は涙を流して喜んでいる。

「この子は父親の顔を知らないのです。きっと今のルルは、バウマイスター伯爵様を父親のように思っているのでしょう」

いや、副村長。

感動しているところを悪いんだが、あんたの認識は一歩遅いと思う。

「ヴェンデリン様、ルルは早く大きくなっていいお嫁さんになりますね」

「……それは楽しみだなぁ」

拒絶するとルルに泣かれるような気がして……どうせ大きくなるまでの間に、別のいい男性が現れるさ……。

無理やりそう思うことにして、彼女におとぎ話代わりに自分の昔話を続けるのであった。

第七話　山積する問題、俺にばかり面倒が降りかかる

サーペントに襲われて逃げ込んだ人たちが一万年以上も隠れ住んでいた島。

俺が隊長として参加している探索隊によって発見され、今は、島外に出られなかった住民たちの移住作業を進めている。

その間、サーペントの襲撃に備えて島に待機しつつ、俺はわずか五歳にして島の防衛を一手に担っていた南国少女ルルの面倒を見ていた。

しかし一万年以上も狭い島で暮らしているせいか、服装が、作りも色も素材も、素朴というか地味だな。素材が手に入らないからであろう。

ルルは女の子なので、ちゃんとした服を……エリーゼかアマーリエ義姉さんに相談してみようかな？

頭につけた大きな貝殻の髪飾りはいかにも『南国少女』という感じで綺麗だけど、これは母親の形見なのだそうだ。

とりあえず今は、杖をどうにかしないと……。

「そういえば、ルルは杖を持っていないよね？」

「杖ですか？」

「外の世界の魔法使いは、みんな杖を持っているんだよ」

上級になってしまえばただの飾りだけど、今のルルには必要なものだ。

「知りませんでした」

ルルたちの先祖は、島に杖を持ち込めなかったと聞いた。

魔道具職人もいなかったそうで、杖を自作できるはずもないから、ルルが持っているはずがない。

彼女が最初から上級レベルの魔力を持っていれば必要なかったのだが、現時点では魔法を使うのに不利であった。

というか、杖もないのに一人でサーペントを撃退し続けていたとは凄い。

追い払うことしかできなかったようだが、それでも大した偉業だと思う。

導師など、まだ幼いルルに敬意を払うくらいなのだから。

『いかに魔法使いが一人とはいえ、あの年で自ら村人たちのためにサーペントに立ち向かう。並の人間にはできぬことである！』

ただし、彼は見た目のせいでルルにあまり好かれていなかった。

フィリーネのような存在はそうはおらず、残念ながら導師の完全な片思いである。

一方、俺はもの凄く好かれてしまったわけだが、彼女の事情を考えると無下にはできない。

それに、ここ数日は娘を世話しているようで楽しい。

俺も現金な性格をしているから、可愛い幼女に慕われて嬉しくないこともない。

探索隊には母親代わりになる女性もおらず……男性しかいないから……彼女の面倒は俺が見ていた。

「ルルにこの杖をプレゼントしよう」

俺は、魔法の袋の中から一本の杖を取り出す。

これは師匠の遺品の一つで、飛竜の魔石に近い部分の骨を削り出して芯にし、その表面を樹齢数千年の樫の木で覆ったものだ。

少し地味な杖だがなかなかの逸品で、魔法の練習にこれほど適した杖はなかった。

杖に魔力が素直に乗るので、初心者が練習するには最適なのだ。

師匠も若い頃に練習で使っていたと言っていた。

「これで練習して、ルルが成人した時に新しい杖を贈ろう」

「ありがとうございます。杖を貰えるなんて、これは婚約指輪みたいなものですね」

「……」

ただこの子、幼くして村の安全に責任があったせいか、妙に大人びている部分があるというか……。

俺が杖を贈るイコール結婚を申し込むことだと思っていた。

一万年も孤立していた村なのに、婚約指輪なんて概念があったのかという気持ちと共に、これは頭を抱えてしまう事態だ。

「ははは、ヴェルはモテていいな。エリーゼたちにどう説明するのか知らないけど」

「……」

「ふべらっ！」

再びエルが通りすがりにからかってきたので、俺は素早く奴の進路上の砂浜に落とし穴を掘る。

前をよく見ていなかったエルは、そのまま落とし穴に落下した。

「エルヴィンさんはどうしたのですか？」

「みんな移住の準備で忙しく動いているから、砂浜に穴が開いてしまったのかな？　あいつもよく前を見ないから」

「そうなのですか」

俺はルルに、沢山の村人たちが引っ越しの準備をしたせいで砂浜に穴が開き、たまたまそこにエルが落下したのであろうと、嘘をついて誤魔化した。

「お前なぁ……一旦戻ったらどうだ？　この島は覚えたんだろう？」

エルが落とし穴から這い出ながら、俺に忠告した。

ルルのことをエリーゼたちに知らせておいた方がいいと言うのだ。

「女の子だからな。世話をする同姓がいた方がいいか？」

「それもあるな」

エルの忠告に従い、俺とエルはルルを伴って『瞬間移動』でバウルブルクの屋敷へと飛ぶのであった。

＊　＊　＊

「ヴェル……あなた……」

「イーナは、もの凄く誤解していると思うぞ」

ルルと屋敷に戻ると、最初に彼女を見つけたイーナが深刻そうな表情をした。

あきらかに、俺の人間としての尊厳を疑い、あらぬ疑惑を抱いているような目だ。

「この子は……」

「可愛いから連れてきちゃったのかしら？」

「ちゃうわ！」

人を誘拐犯扱いするな！

「ヴェンデリン様、ルルはいらない子ですか？」

「そんなことはないさ。ルルはいい子で可愛いなぁ」

俺の怒鳴り声を聞いたルルが涙目になってしまったので、俺は彼女が泣きださないように宥めるなだ
羽目になってしまう。

「えっ？　やっぱりそうなの？」

「ここで『違う！』と叫ぶと堂々巡りだな……実はこの子は……」

屋敷のリビングに移動してみんなを集めてからルルの話をすると、みんな一応納得してくれた。

貴重な魔法使いの子供で身寄りがない。

貴族たちによる醜い争奪戦が始まるのは必至であり、俺が保護しなければ仕方がなかったからだ。

「とはいえ、猫の子ではないのじゃ。面倒を見る以上は、最後までじゃぞ」

テレーゼ、その言い方だとまるでルルが犬や猫の子みたいだけど……。

「その最後までって？」

「普通、こういう場合はの。一族の年配の女性、それも夫を亡くした女性などに預けるのが常識じゃ」

同じ女性が育て、その子が成人したら選択肢は複数存在する。

恩返しでその貴族家に仕えてもいいし、預かった貴族に嫁がなくても、その子や家臣に嫁ぐという選択肢もある。

だが、俺の場合は、島で数日間直接面倒を見てしまった。

目撃した村人や船員は多く、彼らが俺とルルの関係をどう見るのか？

「相変わらず魔法以外では迂闊じゃの。ちゃんと最後まで面倒を見るのじゃぞ」

「ルルは、ヴェンデリン様のいい奥さんになります」

「そうか、頑張って精進せいよ」

「はい」

「いい返事じゃの」

おい、テレーゼ。

小さいルルを煽らないでくれ。

「聞かずとも、この年でなかなかの魔力。成長すればいい魔法使いになろう。嫌がられているのならともかく、ここで囲わずにどうする？」

貴族の中の貴族であったテレーゼに指摘され、俺はまったく反論できなかった。

「ルルちゃんはあなたを慕っているのですから、ここはバウマイスター伯爵として面倒を見てあげませんと」

エリーゼは元々神官なので、身寄りのない子供を預かることになんの抵抗もなかった。

ルルが俺の嫁さんになるという発言も、罪のない子供の発言という認識のようだ。

……そうだよね？

「それよりもさぁ」

「そうですわね」

「えっ、なに？」

ルイーゼとカタリーナが可哀想にという表情を俺に向けたが、俺にはその理由が理解できなかった。

「ヴェル様、あの三人」

「三人？」

俺が意味もわからず首を傾げていると、そこにアグネスたちが飛び込んできた。

「先生！　五歳の女の子を奥さんにしたって本当ですか？」

「先生、順番が逆ですよぉ！」

「探索に私たちを連れていかなかった理由はこれだったのですか？　先生は幼い子が好きで、そういう子を探すために私たちを連れていかず……」

教え子三人娘に縋られ、俺はタジタジになってしまう。

「五歳の子がいいのなら、私はもう十五歳です！　全然構わないじゃないですか！」

「アグネス、お前はなにを誤解してるんだ？」

「先生は、もっと若くて才能がある子がいたから私に飽きて！」

「なぜそうなる？」

アグネス、お前はまだ修行中の身じゃないか。

飽きたとか、そんなわけがない。

「先生！」

「シンディもか？」

「私、この子ほど若くないけど、三人の中では一番若いですから！」

別に俺は、女性は若ければ若いほどいいなんて思っていない。

俺がロリコンなんじゃないかと思うのはやめてくれ。

「先生、ごめんなさい。私たちが無理を言ってでもついていけばよかったんです。奥様たちもいなくて、つい若い女の子に目がいってしまって……でも、先生は男性ですから」

ベッティ、頼むからその間違った認識を声を大にして言わないでくれるか？

エリーゼたちが肩を震わせて笑っているんだけど……。

「ベッティの言うとおりですね。探索には私たちもついていきます」

「このまま男の人だけで探索を続けると、先生がどんどん女の子を拾ってしまうから！」

シンディ、俺に女の子を拾う趣味なんてないから。

「先生は優しすぎるんです。安心してください！　私たちが壁になりますから！」

「よかったわね、ヴェル。アグネスたちが壁になってくれるって」

「……（イーナ……笑いを堪えながら言うのをやめてくれ……）」

三人の勘違いにより、俺はエリーゼたちに死ぬほど笑われてしまった。

「久々に大傑作だな！　ヴェル、モテる男は大変じゃないか！」

特にエルには大爆笑されてしまうが、ここは屋敷内だ。

エルに魔法で天罰を与えるわけにもいかず、俺はただこの世の不条理さにため息をつくのみであった。

＊　＊　＊

エリーゼたちに事情を説明しに行ったら大爆笑されてしまったが、ルルは無事に受け入れられ、探索は再開されることとなった。

あの島の住民たちは、すべてバウマイスター伯爵家が管理する南方諸島にあるサトウキビ農園へと移動した。

ここには製糖工場も建設する予定で、彼らはサトウキビ農家か工場の従業員として働く。

砂糖は高価なのでそれなりの給料も出せ、海では漁もでき、自分と家族で食べるくらいなら小さな畑も作れる。

以前より遥(はる)かに生活が豊かになるので、みんな喜んでいた。

前の島の九割以上を占める魔物の領域については、あとで有志冒険者を募って魔物の種類や採集できる品を確認する予定だ。

なにか珍しい素材や採集物が入手可能ならば、村の跡地に冒険者ギルドと宿場町を作って冒険者の島にしてしまえばいい。

冒険者の数が増えれば、魔導飛行船を定期的に飛ばす予定だ。

それらはあとでやるとして、今は未確定領域の探索だ。

島を出発した魔導飛行船は、順調に南下を続けている。

アグネスたちの熱意というか、勘違いゆえの暴走の結果、男性ばかりだとトラブルが起こるからと彼女たちがついてきてしまった。

エリーゼたちが断ってくれればよかったのだが面白がって許可してしまうから、三人は今、俺の傍（そば）にいる。

ルルも相変わらず俺にひっついたままだ。

飛行中はなにもすることがないので、アグネスたちはできる限り色々な魔法をルルに教えていた。

これは師匠が言っていたのだが、人に魔法を教えるのは決して相手のためだけではないそうだ。

『人に教えることによって、自分の魔法を理論的に系統立てて考えられるようになったり、今まで気づかなかった魔法のヒントに繋（つな）がることもある。自分のためでもあるんだよ』と。

アグネスたちも、ルルという未完の大器に魔法を教えることでなにかを得られるはずだ。

そう説明したら、三人は熱心にルルに魔法を教え始めた。

そしてやはりルルは小さな女の子なので、面倒を見るためにアマーリエ義姉さんもついてきた。

彼女には二人の子供の育児経験があるので、安心してルルを任せられる。

「私の場合、男の子の育児経験しかないけどね。女の子ってどうなのかしら？」

「それでも、俺が全部面倒を見るよりはいいですよ」

それを言うなら、俺なんて育児経験すらほとんどないからな。

しかも相手は女の子だ。

実は、どうすればいいのかいまだにわからなかった。

「それにしても、好かれたものね」

確かに、ルルの俺への傾倒ぶりには凄いものがあると思う。

特に彼女に好かれるようなことはしていないのだが。

「わからない？」

「はい」

「ルルちゃんは年齢よりもしっかりしているけど、それはそうならざるを得なかったのよ」

唯一の魔法使いとして、わずか五歳にして村人数百名の命を背負っていたのだ。

大人になるしかなかったのであろう。

「でもそれは、五歳の女の子には大きな負担だったと思うわよ」

わずか五歳なのだから当然だ。

前世の俺が五歳の頃なんて……バカだったからなにも覚えていないな。

そうだ！

テレビの変身ヒーローになりたいって、幼稚園で堂々と言っていたのだった。

……男はバカだな。

「サーペントの集団が迫り、今回はもう駄目だと思ったその時、ヴェル君が颯爽(さっそう)と姿を現した。しかも、自分では追い払うのが精一杯だったサーペントを倒してしまった。慕われて当然だと思うわ」

死も覚悟した時に、俺がサーペントを倒したからか。

「ですが、討伐には導師も参加しています」

「導師様は、女性や子供には優しいけど、少し受けが悪いから……フィリーネさん以外……」

アマーリエ義姉さんは、言葉を濁しつつ導師がルルに好かれなかった理由を説明する。

ようするに悪役みたいで怖いからだ。

そしてルルは、自分の危機を救ってくれた俺を慕っているわけか。

吊(つ)り橋効果のようなものかもしれないが、彼女はまだ幼く身内もいない。

彼女が無事に成人するまで、俺が面倒を見てあげないと。

「ルルは女の子なので、男の俺にはわからない点が多いのですよ」

特にわからないのが服装などだ。

今のルルは、頭につけた貝殻の髪飾りは母親の形見なのでそのままであったが、服装はアマーリエ義姉さんがキャンディーさんから購入した小さな女の子用のワンピース姿であった。

王都でちょっと裕福な家の子が着るようなワンピースで、島の限られた素材で手作りされた地味な服よりも色が鮮やかで、フリルなどの装飾も沢山ついており、移住した元島民の子供たちに羨(うらや)ましがられていた。

『ルル、いいなぁ』

『色が綺麗な服ね』

『私も欲しいなぁ』

『私も』

『ルルは将来バウマイスター伯爵様の奥方となり、ルルの子が我らの村長となる。だからじゃ。我慢せい』

ルルの服装を見て羨ましがった島民の女の子たちに対し、副村長がルルは身分が違うのだから諦めろと、かなり現実的な発言をした。

『じゃあ、私もバウマイスター伯爵様の奥さんになる！』

『私もなる！』

『おい……』

ところが、ならば私も俺の奥さんになると幼女ばかりが騒ぎ始め、俺は堪らず副村長に文句を言った。

『申し訳ないです。つい……でも、村長なり町長なり必要ですから』

副村長は謝りつつも、村を纏めるために村長は必要だと反論を忘れない。

『村が落ち着けば、服は買えるから。キャンディーさんの服にはそれほど高くないものもあるし』

そんなことがあったのだが、彼女じゃなくて彼はコーディネート能力も超一流で、ルルはキャンディーさんの服でさらに可愛く見えるようになった。

村の女の子たちはそれが羨ましいのであろう。

女性を綺麗に着飾るのは得意なのに、キャンディーさん本人の見た目は特殊……じゃなかった、ちょっと変わっているというか……。

まるで、本当は心優しいのに、そうは見えない人造人間のようだ。

『まあ、この子は可愛いわね。将来は美人になるわよ。よかったわね、バウマイスター伯爵様。この色男！』

『あがっ！』

キャンディーさんは、他にも靴とか予備の服や下着などもすべて的確に選んでくれたが、相変わらずのバカ力で俺の背中を叩く(たた)から息が止まるかと思った。

力の強さは導師といい勝負だ。


「女の子だから、男であるヴェル君には難しいところはちゃんとフォローするわよ。私も、娘が一人くらい欲しかったし」

アマーリエ義姉さんとそんな話をしつつ、魔導飛行船は南の海を飛行していく。

バウマイスター伯爵領南端は、サーペントもほとんど出ず開発が進んでいる南方諸島の他には、大きな島などは今のところほとんど見つかっていなかった。

今までで一番大きな島は、ルルがいたサーペントと魔物の楽園であったあの島だ。

あそこに一般人が住むのは難しいので、多分冒険者の島として開発することになるであろう。

他の島は、小さな無人島が多かった。

住んでいる人はおらず、人が生活していた痕跡もない。

これらの島の周囲にもサーペントが出没するので、よほど強さに自信がなければ住めないのだから当然だ。

「バウマイスター伯爵、そろそろ探索を打ち切った方がいいのである！」

導師が俺に意見を述べた。

これはバウマイスター伯爵領確定のための探索であり、あまり遠方の島を押さえても意味がない。

統治コストがかかるし、王国もリンガイアによる南方への探索を計画しているはずだ。

あまりバウマイスター伯爵領を広げると王国が警戒するかもしれず、この辺で『ここまでがうちの領土だ！』と言って終わりにした方がいい。

導師は陛下の意向を理解しているので、俺にこんなことを言ったわけだ。

「魔導飛行船で三日ほど。そろそろ引き返しますか」

「そうだな。俺も嫁さんと娘に会いたいしな」

ブランタークさんも賛成し、魔導飛行船をUターンさせようとしたその時、見張りの若い船員が大きな声をあげた。

「前方に巨大な島が見えます！」

「なっ！」

まさかここで、大きな島を発見してしまうとは。

もうちょっと早く引き返す決断をすればよかったか？

「とにかく、島の情報を探るぞ」

俺も徐々に見えてくる島を観察してみるが、意外と大きな島だ。

しかも、無人島ではない。

港があり、小さいながらも小型の木造船が複数置かれていた。

どうやら、サーペントはそう頻繁に出没しないみたいだ。

この島の住民がバウマイスター伯爵家と今まで接触しなかったのは、北上するとサーペントの巣や縄張りがあったからであろう。

「あの島一つで生活が完結しているのか、もっと南に別の国などがあるのか？」

それは、島の住民に聞いてみないとわからないであろう。

とにかくこれが最後と、俺たちは偵察と調査を始める。

「ちゃんとそれが聞けるのかは不明なのである！」

導師の言うとおり、いきなり余所者は排除するという危険な人々かもしれない。

接触には慎重を期するべきであろう。

「船長、上陸はあとにする。上空から島全体の様子を探る方が重要だ。魔法や弓矢などの遠距離攻撃に注意してくれ」

「かしこまりました！」

「伯爵様、随分と変わった島だな」

上空から双眼鏡で島の様子を探るが、今までの島とは大分毛色が違う。

島の周囲はほぼ断崖絶壁で、砂浜や港にできそうな場所は少ない。

「岩ばかりなのか？　違うな、島内には緑も見えるな」

上空から島を観察すると、島の内部には森林や広大な田畑、町や支配者階級が住んでいそうな豪華なお屋敷も見える。

「伯爵様、これって火山の火口なんじゃないのか？」

「そう言われると、確かに火口に見えますね」

「長年噴火がなかったようだけどな。でなければ、人が住まないだろう」

島というよりは火山の先端部分が海から突き出していて、その火口の中に居住地や自然が広がっている感じだ。

島の様子からして、数千年は火山は噴火していないはずだと、ブランタークさんが推察した。

「バウマイスター伯爵、まるでミズホのようである！」

「そうですね」

島にある屋敷、家屋、田畑。

見れば見るほど、ミズホ公爵領のように見える。

ミズホほど技術が発展しているようには見えないが、農家らしき家屋が茅葺きだったりするので、やはりそうとしか思えなかった。

「前にミズホ公爵が言っていた、別れた同朋ですかね？」

「かもしれないな」

実は、前にミズホ公爵から聞いたことがある。

ミズホ人の祖先は未開地に保護国というか、自治領のような国を持っていた。

それが古代魔法文明崩壊の余波でそこに住めなくなり、彼らは次の移住先を求めて今のミズホ公爵領まで移動している。

まさに民族大移動だが、その時に袂を分かち別行動を取った集団が複数いたそうだ。

『はてさて、その連中は無事に新天地に移住できたのやら。今のところ、リンガイア大陸内において我らの同朋の存在は確認できていない』

となると、彼らはリンガイア大陸の外に出たことになる。

西は魔族の国があるからないと思うが、北、東、南は可能性があり、今こうして南に住むミズホ人らしき存在を確認できたわけだ。

「それがわかっただけでも収穫だが、どうする？　伯爵様」

そう、ミズホ公爵領とは別系統のミズホ人と思われる人々が住む島が見つかったのはいいが、さてここをどうするかだ。

「バウマイスター伯爵領内である！」

「いや、ここは王国が面倒を見ましょうよ」

無人島ならうちの領地でもいいが、この島、かなり大きい。

人口も、発展途上であるバウマイスター伯爵領よりも多いかもしれず、こんな島と住民たちをうちで抱え込んだら、バウマイスター伯爵領の統治に大きな影響が出てしまう。

「ミズホ方式でいきません？」

ミズホ公爵領がミズホ伯国だった時のように、王国に従わせて交易の利益のみを取る。

それが一番余計な手間がかからず、もっとも利益を得られると思う。

「その可能性も陛下は考慮していると思うのであるが、まずはこの島の統治体制を探るのである！　必ずしも、絶対的な統治者がいるとは限らないのである！」

もし島が複数の権力者に分割統治され、常に小競り合いなどが行われていた場合、服属させようにも、誰を王国に服属させていいのかわからない。

導師は、まずはそれを探るべきだと断言する。

こういう時の導師って、いかにも優秀な陛下の代理人だよな。

普段も、今の五パーセントでいいから配慮してほしいものだが。

「幸いにして人が沢山集まっているのである！」

「人が？　って！」

導師が見つけたのは、それぞれ二、三百名ほどの武装した集団が二手に分かれて睨み合っている現場で、つまり小規模な軍勢による戦が始まろうとしていたのだ。

その時点で、俺はこの島が平和でないことを察してしまう。

「導師、あきらかに戦ですけど……」

「そのようであるが、二つの集団があってちょうどいいのである！　情報源が二つあるのである！」

「いや、そんな素直に話してくれるのか？」

導師のあんまりな能天気さに、ブランタークさんは頭を抱えた。

いかに小勢とはいえ、これから戦おうとする集団の間に割って入ろうというのだから。

「大した魔法使いはいないのである！　どちらの軍勢にも中級が一人のみである！」

俺も探ってみたが、導師と同じ結論が出た。

どちらにも一人ずつ魔法使いがいるようだ。

そして彼らが敵対するのであれば、導師は力技で従わせるつもりなのであろう。

「某たちなら問題ないのである！」

「勝てるでしょうけど、先にちゃんと話し合いをしませんか？　禍根が残るとあとで面倒ですよ」

殺される心配は少ないと思うが、もっと穏便に、適当な場所で話を聞けないのかと思ってしまった。

だが導師は強引であり、俺とブランタークさんを引き連れて二つの軍勢の間に割って入ろうとする。

争いを止めようとする意図もあるようだが、導師だとどちらも蹴散らしてしまいそうな気がする。

「先生！　私も行きます！」

「「私も！」」

続けて、アグネスたちも俺たちに同行すると宣言する。

「危険だからやめておけ」

相手は魔法を使えない集団だが、不意を突かれてアグネスたちになにかあっても困る。

俺は三人の同行を却下した。

「先生、私たちだって、これまでちゃんと訓練を積んできました」

「いつかこういう事態に対処する可能性も考えてです」

「それが今だと思うんです」

アグネスたちは、もう自分たちは子供ではない。

魔法使いとして戦力になるのだから、俺についていくと宣言した。

俺としては、まだ早いような気がするのだが……。

「伯爵様、自分の弟子には甘いようだな。嬢ちゃんたちは実力でいえばもう一人前なんだぜ。連れていってやりな。俺もフォローするから」

「わかりました」

ブランタークさんに説得され、アグネスたちも同行することになった。

可愛い弟子には旅をさせろ……戦をさせろか？

「油断するなよ」

「「はい」」

「じゃあ、行くか……」

魔導飛行船を着陸させるのは危険なので、俺たちは『飛翔（ひしょう）』で二つの集団の間に入ろうとする。

「空飛ぶ船だ！」

「船が飛んでいるぞ！」

上空に魔導飛行船を確認した彼らは、それを指差しながら驚いていた。

どうやら同じミズホ人でも、魔導飛行船を見たことすらないらしい。

この一万年ほどで、彼らは技術力を落としてしまったのだろうか。

「そこで睨み合う二つの軍勢！　今は争いをやめて話を聞け！　俺はバウマイスター伯爵だ」

こちらを無視して戦いを始められても困るので、全員で二つの軍勢の間に着地し、俺は大声で名乗りをあげた。

「魔法使いか？」

「この島の者じゃねえな」

「空飛ぶ船ってことは、島の外から来たのか？」

兵士たちは、俺たちと上空に浮かぶ魔導飛行船を交互に見ながらヒソヒソと話を続ける。

彼らはよく見ると、専業の兵士ではなかった。

指揮官クラスは豪華な戦国時代の武将が着けているような鎧兜（よろいかぶと）姿であったが、残りの大半は粗末な装備しか着けていなかった。

　ちゃんと隊列ができずバラバラであるし、領主をしている武将が農民を集めて編成したのであろう。

「貴殿は何者ですか？」

「「「「「えっ？」」」」」

　片方の軍勢から指揮官とその副将らしい人物が姿を見せるが、俺たちは驚いてしまう。

「女性なのか……」

　領主なのか大将なのかよくわからないが、一人は膝下ほどまで伸ばした長い黒髪が栄える巫女(みこ)服を着た少女であった。

　ただ綺麗なだけでなく、見ただけで高貴な生まれなのがわかるくらいのオーラを纏っている。

　彼女はその手に薙刀(なぎなた)を持っていた。

　もう一人の副将と思(おぼ)しき人物も女性で、彼女は男性武将と同じく鎧兜姿であった。

「私は、秋津洲高臣(アキツシマタカオミ)と申します」

「このアキツシマ島を支配されているお方だ！」

　この薙刀巫女美少女が島の支配者だと副将らしき武者美少女さんが言う。

　副将さんもちょっとキツそうに見えるが、なかなかの美少女であった。

　黒のショートカットがとてもよく似合い、活動的にも見える。

「この島の支配者なのであるか？」

「そうだ！」

「なら、なぜ同程度の軍勢と争っているのである？」

導師はなにも考えずに割り込んだと思っていたが、すぐに副将さんの説明の矛盾点をついた。

それにしても、巫女さんは女性なのに男性の名前なのか。

この島の名がアキツシマ島（アキツシマトウ）なのはわかったが、島と島が重なる命名ってどうなのだろうか？

「秋津洲さんは、なぜ男性名なのでしょうか？」

「バウマイスター伯爵殿とやら、貴殿は外から来たのに我ら民族を知っているのですか？」

「似たような人たちだけど、知っていなくはないかな」

俺は副将さんに対し、簡単にミズホ公爵領のことを教えた。

「なんと！　古（いにしえ）に別れた同朋がそこまで発展していたとは……」

俺からミズホ公爵領の話を聞いた副将さんは、リンガイア大陸北方に国を作った同朋の存在に驚きを隠せないようだ。

俺から見ても、ミズホ公爵領の方が人口も、国力も、技術力も圧倒的に高いように見える。

この島の住民たちは一万年以上もこの島の中でのみ生活をした結果、技術力などでミズホ公爵領に対し大きく水をあけられてしまったようだ。

それと、もう一つ懸念があった。

「この島の支配者とは笑わせてくれる！　俺と同程度の軍勢しか揃（そろ）えられないくせに！」

もう一つの軍勢から、同じく鎧兜姿の若い男性が前に出てきた。

彼は導師とほぼ同じ大きさ、体格をしており、誰が見ても猛将に見える。

秋津洲さんと敵対する軍勢の大将のようだ。

「先生、アキツシマさんの方が不利なのでは？」

アグネスの言うとおりであろう。

この規模の軍勢同士の戦なら、総大将の強さが大きな鍵を握るからだ。

しかも、大男は魔法使いであった。

秋津洲さんも魔法使いなのがわかったが、どう見ても戦いには向いていないような雰囲気を漂わせている。

もし戦えば、ほぼ確実に秋津洲さんの方が負けるであろう。

「くっ、お前らみんな魔法使いか……しかも……」

アグネスたちもすでに上級の仲間入りをはたしており、俺たちの中でこの青年に破れる者はいないはず。

彼の魔力量は中級程度なので、どう逆立ちをしても俺たちに勝てない。

それがわかる彼は、極力俺たちを刺激しないようにしていた。

見た目とは違って、ちゃんと冷静に物事を考えられるようだ。

「名乗るがよい！」

「俺の名は、七条兼仲(シチジョウカネナカ)だ！」

どこかで聞いたことがあると思ったら、確か戦国武将だったような……。

世界が違うのに同じ名前とは、これは偶然の一致なのか？

「ところで、なぜ戦っているのである？」

「水がないからだ……」

七条兼仲によると、最近この島では雨が降らず、川も少ないので農作物が育たないで困っているのだと言う。

「秋津洲御殿には大量の地下水が湧きだす泉があり、これがあれば農作物が枯れる心配もない」

「勝手なことを言うな！　我々もギリギリなのだぞ！」

詳しくは聞かないとわからないが、秋津洲さんの祖先はミズホ公爵のような位置づけだったのであろう。

それが今では、わずかな領地のみを治める身となってしまった。

そして、元家臣の子孫であろう七条兼仲に水源を狙われているわけだ。

「仲良く分け合うことはできないのか？」

「無理だ！　雨乞いまでしたが、このままでは収穫までに作物が枯れてしまう！　そうなれば、領民たちに多くの餓死者が出るであろう。俺が悪役となり秋津洲家から水源を奪ってでも、水を確保しないといけないのだ！」

七条兼仲も、好きで戦争を吹っかけたわけではないのか。

すべては水があると解決するというわけだ。

「気持ちはわかるが、そのためにアキツシマ家とやらの領民たちの水がなくなれば、彼らも飢えて死んでしまうのである！」

「それでもだ！　言ったであろう？　俺が悪役になると！　今の水の量では、半分しか生き残れないのだ！」

七条兼仲は、さらに一歩前に出て導師を睨みつけた。

『余所者が綺麗事抜かすな！』という目をしている。

「他の手立てがあるやもしれぬ。戦になれば犠牲者がゼロというのも難しいのである！　今一度冷静になって考えるのである！」

「余所者は引っ込んでいろ！　秋津洲御殿を寄越せ！」

七条兼仲は、導師を無視して秋津洲さんに勝負を挑もうとした。

彼の実力では、どう足掻（あが）いても導師には勝てない。

それがわかっているからこそ、導師を余所者だと強調して戦いに巻き込まないようにしているのだ。

秋津洲さん相手なら、大分勝算が高いからであろう。

「同じ魔法使い同士、勝負しようではないか！」

「貴様！　お涼（りょう）様は治癒魔法の使い手なのだ！　荒事には向かないのだぞ！」

お涼様？

秋津洲さんの本名かなにかか？

「ふんっ、それがどうした？　平和な時ならいざ知らず、今の状況で弱いのは罪だぞ！　細川藤孝（ホソカワフジタカ）！」

副将さんの本名は、細川藤孝だそうだ。

女性なのに男性名なのか。

でも七条兼仲は男性だから、名のある武将がみんな女性というわけでもないのか。

男性でも女性でも、当主は武将っぽい名を名乗る風習なのだろうか？

「導師、色々と複雑な事情があるみたいですね」

というか、俺はこんなに面倒な島を支配しないといけないのか？

日本風の産物を手に入れたり文化に触れるのならミズホ公爵領があるし、こんな面倒そうな島はヘルムート王国に譲るに限るな。

うん、そうしよう。

「導師、この島は王国が管理するということで」

「嫌なのである！」

「はあ？」

導師、嫌ってなによ？

陛下の代理人としては、こんな王都より遠く離れた戦乱の島は、統治コストを考えると俺に丸投げした方がいいってことか？

「事前の約束により、この島はバウマイスター伯爵家の領地と決まっているのである！　国家を運営するにおいて、信義は必ず守られなければいけないのである！」

「導師、そんな都合のいい時だけ……」

国家が信義を守る？

そんなもの、あくまでも建前じゃないか。

あきらかに、面倒そうな島をうちに押しつけようとしているのがミエミエであった。

「バウマイスター伯爵殿とやら、貴殿らはなにを話しているのだ？」

「え――――とだな。細川殿とやら。実は……」

俺と王国の代弁者である導師がこの島の統治を押しつけ合っている間に、ブランタークさんが細川さんにこちらの事情を説明した。

「なんと！　この一万年でリンガイア大陸が二つの大国に支配され、我らの故郷であった土地がバウマイスター伯爵家の領地となり、さらにアキツシマ島まで支配の手が伸びていると？」

細川さんはかなり動揺しているようだ。

彼女らが一万年もの間この島の中でのみ暮らしているうちに、いつの間にか外部から大国の影が迫っていたのだから。

「とはいえ、王国側も面倒臭がっているようだから、この島の支配者が王国の臣下になって爵位でも貰えばいいのではないかと……あとはうちと交易でもすれば……」

まだ領地の開発が残っているのに、こんな統治が面倒そうな島はいらない。

王国に臣下の礼を取らせて、統治者に伯爵の爵位でもあげればいいじゃないか。

交易は、うちから魔導飛行船を出すということで。

この辺の海域もサーペントが多いみたいだから、それがいいな。

決して、交易網を独占して大儲け（おおもう）けとか考えてはいないぞ。

「おい、この島に支配者などいないぞ」

とここで、七条兼仲が話に割り込んでくる。

「そうなのか？」

「そんな奴がいたら、水でここまで揉（も）めるかって。そこに、元支配者一族がいるけどな」

「秋津洲さんが？」

「そうだ。大昔の秋津洲家は、瑞穂（ミズホ）家に継ぐ歴史の長い名家でな」

なるほど、一万年前に瑞穂家と秋津洲家は分離したわけか。

瑞穂家は大陸北部アキツ大盆地に新天地を見つけ、帝国と関わっているうちに姓名の表記がカタカナに変わったが、魔導技術のかなりの部分を維持して勢力を拡大した。

遥か南の孤島に逃げ込んだ秋津洲家は……七条兼仲にも舐（な）められているから没落したんだろうな。辛うじてわずかに領地が残っている状態か。

「昔は秋津洲家といったら、この島を統治する家柄だったさ。今では、我ら領主たちが独立して小競り合いを続けている状態だ。領地、利権、水利などで隣接する領主との争いが多い」

この島を明確に支配している人物がいない。

これでは、王国に臣下の礼を取らせることもできない。

魔族の件もあるのに……これ以上の面倒はいらない。

「そうなのか……じゃあ、誰かが島を統一したら王国にご挨拶に行くということで。うちも推薦しますから。じゃあ」

「それは無理である！」

誰か島の統一を成し遂げるであろう英雄さんの登場をお祈りしつつ、今は放置でいいかなと思ったら、導師に全力で否定されてしまった。

「王国による、この島より南方の探索事業も始まるであろうから、このままにしておけないのである！」

この島を、探索隊の後方拠点ベースキャンプにしたいからか。

確かに、この島が騒乱状態では探索に影響が出てしまう。

「ですけど、面倒そうですよ」

一体いくつくらいの勢力に分裂しているのか知らないけど、この人たちの名前からして戦国乱世のようになっているような予感がしてならない。

ここで手を出すと、あきらかに俺が面倒事に巻き込まれるのだが……。

「秋津洲さんがこの島を統一し、王国に爵位を頂くということで……」

目標ができてよかったですね。

あとは自力で頑張っていただくということでお願いします。

俺ですか？

心より、秋津洲さんの天下統一をお祈りいたしております。

「残念ですが、今の秋津洲家はこの島で最弱の勢力でしょう。領民は五百人ほどしかおりません」

この島の人口が何人いるのかは知らないが、俺の実家とそう大差がない。

よく見ると、秋津洲家の軍勢にはあきらかに成人前の子供や老人も交じっていた。

七条兼仲に水を奪われないよう、可能な限り人を集めた形跡が見える。

「ははは！　没落した秋津洲家がこの島を統一する？　島には数十もの、我らを上回る大物領主たちが日々凌ぎを削っておるのだ！　余所者が偉そうに！　ヘルムート王国とやらが本当に存在するかも怪しいわ！　お前らは邪魔だ！」

「邪魔とはなによ！　この筋肉バカ！」

「人の大切な水を奪う悪党め！」

「大体、あんた暑苦しいのよ！」

今まで静かにしていたアグネスたちであったが、他人の水を奪うことに躊躇しない七条兼仲に対し罵詈雑言を浴びせた。

こういう時って、女性の方が強いよなぁ……。

「小娘の分際でぇ！」

七条兼仲ではアグネスたちにも勝てないのだが、頭に血が上った彼は三人に掴みかかろうとした。

「おい、人の弟子に手を出すな！」

「なんだぁ？　お前は！　こちらの事情も知らないで偉そうに！　バウマイスター伯爵だったな！

確かに凄い魔法使いではある！　だが接近戦なら！」

七条兼仲は、素早く俺を倒すなり拘束すればすべてが解決すると判断したようだ。

突然、その標的を俺に切り替えた。

「お前を捕らえて人質にすれば、いくらでも条件を引き出せるな！」

「だったらいいな」

島の端っこで、数少ない貴重な中級魔法使いなのだ。

七条兼仲が調子に乗っても当然か。

頭である俺を拘束するのはいいアイデアだと思うが、それも成功したらだ。

導師もブランタークさんもまったく動いておらず、俺に任せて問題ないと判断したようだ。

「やれやれ、これは正当防衛だからな。先に手を出そうとしたお前が悪い」

「抜かせ！　この島では弱いのは罪なんだよ！」

七条兼仲が俺の両肩を魔力を込めた両腕で掴んだが、すぐに強烈な電撃を感じて手を離してしまった。

『エリアスタン』を改良し、俺に触ろうとする者の手を痺れさせるのだ。

「なっ！　両腕が！」

「暫く両腕が痺れて使えないはずだ。中級であるお前が、上級の俺に単純な手で勝てるわけがないだろうが」

「そんなのは、やってみないとわからねえ！」

両腕が暫く使えない七条兼仲は、今度は足に魔力を込めて俺に蹴りを放った。

「痛ぇ――――！」

ところが、俺が強力な『魔法障壁』で防御したため、『べきっ』という嫌な音と共に兼仲の足の骨が折れてしまう。

あまりの激痛に、七条兼仲は地面に倒れて大きな悲鳴をあげた。

「さて、七条兼仲に従う者たちに告げる！」

俺は巨大な『ファイヤーボール』を作って、近くにあった巨岩に放った。

『ファイヤーボール』は見事に命中し、その巨岩をドロドロに溶かしてしまう。

それを見た七条兼仲の兵たちは、全員が一斉に顔を真っ青に染めた。

「俺は冷静に話し合いをしたいんだ。みんな、戦いはやめてくれるよね？」

「「「「「「「「「……」」」」」」」」」

自分たちの領主である七条兼仲がまったく俺に敵わない現実を見て、彼らは全員武器を捨てて降伏した。

俺の誠意溢れる説得を聞き入れてもらえて本当によかった。

これにより、無駄な争いはようやく収まったのであった。

＊　＊　＊

「えっ？　どういうことだブランターク殿？　ぬぅおぉ――――！」

「あ――あ、可哀想に……」

「うむ、それでいいのである！」

「導師が治療しますか？」

結局、負傷した七条兼仲も降伏し、水を巡る無駄な争いは終わった。

犠牲者がゼロでよかったと思う。

彼の負傷は導師が治療することとなり、彼に抱きつかれた七条兼仲が悲鳴をあげるが、みんな聞かなかったことにした。

俺たちからすれば、もうわざわざ騒ぐようなことでもないからだ。

「バウマイスター伯爵様、兼仲様を助けていただいてありがとうございます」

七条兼仲の軍勢はそのまま解散となったが、彼の家臣たちが主君を殺さなかった俺たちにお礼を述べた。

どうやらこの男、思っている以上に領民から慕われているようだ。

領民を飢えさせないため、自分の悪評を気にせず他領の水源を奪う決断ができる人物だからな。

自ら泥を被る決断ってのは、そう簡単にはできないものだ。

「兼仲様は向こう見ずでバカですけど、我々にはいい殿様なんです」

「兼仲様はちょっと猪ですけど、高い税は取らないで贅沢もせず、いい殿様なんです」

「兼仲様はあまり賢くないですけど、領民たちの食料が足りなくならないように狩りを行って獲物を分けてくれたりするのです」

慕われているのは確かだが、ちょっとオツムに問題があると思われているようだ。

導師に治療されている兼仲は家臣たちからおバカ扱いされて涙目だったが、みんな見て見ないフリをした。

それでも裏切られていないってことは、いい殿様の証拠なのだから。

「ところで、これからどうするのです？」

二つの勢力の争いは防げたが、細川さんの言うとおりこれからどうするのか方針が決まっていない。

「我々はこの島に住めるのであれば、ヘルムート王国とやらの支配下に入っても構いません」

「いいのか？　秋津洲さんに不満はないの？」

俺は、細川さんの隣にいる秋津洲さんにもその意思を尋ねた。

「本当ならば、私は領地すら持てない存在だったのです。それが、昔から我が家に仕えていたという理由だけで藤孝が支えてくれています。確かに昔の秋津洲家はこの島を支配していましたが、私にはそのような野心も能力もありません。ただみんなが幸せに暮らせればいいのです」

残念ながら彼女には、領民たちに慕われる魅力はあっても為政者としての能力が不足していた。

それを、同じ女性である細川さんが担当している。

うちでいうところのローデリヒのような存在なわけだ。

「秋津洲さんは魔法使いですよね？」

「はい、治癒魔法のみですが」

巫女服だからというわけでもないのだろうが、彼女は治癒魔法の名手なのか。

そして、ようやく治療が終わった兼仲は猛将としての才能があると。

「俺はバウマイスター伯爵に負けた。負けた以上は、あんたに従おう。だが、本当にうちは水が足りなくて困っているんだ。戦は避けたかったが、俺は領主だ。領民たちが飢えて死ぬのを見ていられなかった。たとえ余所の領民が飢え死にしてもだ。俺が悪役になればいい。領主ってのはそういう決断ができないと駄目だと思った」

兼仲も、無意味に秋津洲領に攻め込んだわけではない。

すべて領民たちのことを思っての行動だったというわけだ。

「でも、やっぱりバカですね」

「否定できない……」

アグネスから再びバカ扱いされ、兼仲は涙目になった。

頭が悪いのを、案外気にしているようだ。

「水かぁ……この島には川とか池はあるのか?」

「島の中央にはあるが、当然、別の領主が支配しているぞ」

勝手に水を引くわけにはいかないのか。

どの世界、時代でも、水利権の争いは過酷だからな。

犠牲者が多数出てしまうことも多いと聞く。

「今まではどうしていたのだ?」

「雨水を蓄えるため池があってな。今は雨が降らないので空だが……」

なんとか水を確保しないと、今度は領民たちが主体となって水を奪い合いかねないな。

「井戸は掘れないのか?」

「無理だ。この島の地下は、分厚い岩で覆われているのだ」

「魔法で叩き壊せないのか?」

「俺では無理だったんだ。威力が足りなくて岩が割れないんだ」

「毎日少しずつ割っていけば大丈夫なのでは?」

「それができたらやっているさ。論より証拠、案内しよう」

俺たちは怪我(けが)が癒えた兼仲の案内で、彼の領内にある巨大なため池へと移動する。

そのため池は完全に干上がっており、池の底は謎の黒い岩で覆われていた。

「変な色の岩だな?」

「普通の岩なら、ちょっとずつ割ればいつか水脈に辿(たど)り着く。だが、この岩は俺の全力程度では凹(へこ)みもしないんだ」

「これは、『黒硬石』ですね。ならば割れませんよ」

俺たちに同行した細川さんの説明によると、この『黒硬石』は島の大半の地下水脈上を覆っており、そのせいで島は全体的に水不足なのだそうだ。

地下水はあるが、それを得る手段がないというわけだ。

「導師、どうです？」

「某がやってみるのである！」

並の威力では傷一つつかない黒い岩。

導師は興味を持ち、自分が全力で叩き割ってみせると宣言する。

「大丈夫かな？」

「安心するのである、ブランターク殿。某は今も魔力が上がっている状態なのである！　全力でやれば大丈夫なのである！」

『黒硬石』はとにかく硬く、しかも厚さが十メートル以上あるそうだ。

というか、この島の表面の大半はこの『黒硬石』であり、その上に数万年をかけて土などが積もったようだ。

「この島は、水自体は豊富ってことかな？」

「はい。その水を利用できるかどうかは別問題ですけど」

「魔法で割れないのか？」

「大昔の実力のある魔法使いならば。ですが……」

一つの島に籠っていた副作用なのか、ここ数百年で島に住む人間に魔法使いが出現しにくくなった。

しかも、上級レベルの魔法使いがまったく出現しなくなったそうだ。

その代わり、なぜか彼らの魔法使いとしての能力は遺伝しやすいらしい。

中級レベルとはいえ、領主である秋津洲さんも兼仲も先祖代々魔法使いだった。

「遺伝する代わりに、魔法使いとしての能力は徐々に劣化してきたのか？」

リンガイア大陸とは、なにかが違うというわけか。

なぜ違うのかは、あとで偉い学者さんにでも研究させてもいいか。

今はそれどころではない。

「それでは、早速なのである！」

導師は即座に行動に移った。

『飛翔』で上空へと飛び、体に強固な『魔法障壁』を纏って地面へと砲弾のように全力で落下した。

「つうか、もちっとスマートな方法はねえのかよ……」

導師のストレート過ぎるやり方にブランタークさんが呆(あき)れていたが、俺はいい方法だと思う。

自分の巨体を砲弾に見立て、落下速度まで利用して黒硬石の岩盤を砕こうというのだから。

もし俺がやるとしたら、この方法は取らないわけだが。

だって、失敗したら痛そうだし。

「あの方は大丈夫なのでしょうか？」

『飛翔』による速度まで加えて上空数十メートルから落下した導師を秋津洲さんが心配した。

彼女はとても優しい人のようだ。

でも安心してほしい。

この程度のことで、導師がどうにかなるわけがないのだから。

地面への落下と共になにかが砕ける爆音のような音と、大量の破片が周囲に飛び散った。

俺とブランタークさんは、冷静に『魔法障壁』を展開して秋津洲さんたちを守る。

「ありがとうございます。バウマイスター伯爵様」

巫女服の美少女にお礼を言われると、悪い気がしない。

やはり、巫女服は偉大だな。

「で？　どうなった？」

ブランタークさんが導師の落下した地点を見ると、ため池の底の中心部には巨大なクレーターができていた。

深さは三メートルほどであろうか。

それにしても、黒硬石とはもの凄い硬さだな。

導師が全力で攻撃して、三メートルしか掘り進められないのだから。

「導師、もう一回可能ですか？」

「明日にしてほしいのである！」

残念、この一撃で導師は魔力の大半を使い果たしたようだ。

導師でこれだと、兼仲では一センチも掘り進められなくて当然か……。

彼は、導師が掘ったクレーターを見て絶句している。

「三日か四日で岩盤を抜けますかね？」

「バウマイスター伯爵、ルイーゼ嬢がいるのである！」

「ルイーゼも一撃加えれば早まりますか……」

導師の忠告に従い、俺は『瞬間移動』で屋敷に帰り、ルイーゼを連れてアキツシマ島へ戻ってきた。

「お涼様、伝説の移動魔法ですよ」

「初めて見ました」

この島の魔法使いも、魔族と同じく『瞬間移動』が使えないようだ。

秋津洲さんと細川さんは、俺を尊敬の眼差しで見つめていた。

「うわっ！　本当に島があるんだね！　あと、ミズホみたいな服装だ。ボクもこの服欲しいなぁ。ヴェルを誘惑できそう」

「あのぅ……この服は神に仕える者が着る神聖なものなのですが……」

俺に連れてこられたルイーゼはこの島と秋津洲さんたちを見て驚き、彼女が着ている巫女服を欲しがったが、動機が不純なので秋津洲さんから注意されてしまう。

「ルイーゼにお願いがあって、この岩盤なんだけど……」

「導師が全力で攻撃してこれだけ？　この岩、なにでできているのかな？」

ルイーゼは、黒硬石の硬さに驚いていた。

「前の必殺技で頼むよ」

「え――――っ！　あれは何日か動けなくなるから駄目だよ。ボクも全力で導師と同じくらいの深さを掘るから、あとはヴェルがやって」

「う――――む、しょうがないか」

ヘルタニア渓谷で使った『ビッグバンアタック』は、ルイーゼの体の負担が大きいと断られてしまった。

それでもクレーターの底に行き、拳に大半の魔力を込めて必殺の一撃を放つ。

「これも凄え威力だな」

再び大量の破片が飛んだので、俺とブランタークさんで『魔法障壁』を張ってみんなを守った。

「あとは俺か……」

さすがは魔闘流というべきか、ルイーゼは導師よりも深く穴を掘っていた。

クレーターはさらに深く大きくなり、これで七メートルほど掘り進めたことになる。

「岩盤は十メートル以上、俺の一撃か、明日の誰かの一撃で水脈に届くな」

「あんたら凄いな。俺が全力で殴っても、傷一つつかなかったのに……」

これまで誰一人として一ミリも削れなかった黒硬石を砕く外の人たちに、兼仲は驚きを隠せないでいた。

最低でも上級レベルの魔力がないと、黒硬石は傷一つつかないわけか。

この黒硬石、なにかに使えるかも。

ちょっとサンプルを取っておくか……。

「ヴェル、少し魔力を残さないと駄目だよ」

「俺も溺れる水で溺れたくないから残すよ」

もしすべての魔力を使って岩盤を完全に打ち砕けたなら、俺は深いクレーターの底で溢れる水で溺れてしまう。

ルイーゼの忠告どおり、『飛翔』で逃げる分の魔力を残しておかないと。

「それじゃあ、次は俺の番だ！」

俺もルイーゼのように、拳に大半の魔力を集めて岩盤を殴ることにした。

魔闘流ほど効率はよくないが、俺はルイーゼよりも魔力がある。

同じくらいの深さを掘れるはずで、もし今日岩盤を撃ち抜けなくても、明日には水が出てくるはずだ。

「よぉ――――し！　最後の一撃だ！」

俺は拳に全力を込めて、クレーターの底で三撃目を放った。

三度大量の岩片が飛び散り、俺の視界を防ぐ。

「どうだ？　あれ？　やっぱり明日かな？」

俺の見立てではもう十メートル以上掘り進めたはずだが、まだ岩盤が残っていた。

水が湧き出るのは明日、もう一撃してからかなと思っていたら、徐々に岩盤に罅(ひび)が入り、次第に少しずつ広がってそこから水が湧き出してきた。

段々と水の量が増え、ついには罅の入った岩盤を突き破り、まるで噴水のように湧き出し始める。

俺は水没しないうちに、クレーターの底から『飛翔』で逃げ出した。

「予定よりも早く水が出たな」

「凄ぇ――――！　あんたは、俺のお館(やかた)様だぁ――――！」

水が湧いてよほど嬉しかったようだ。

兼仲は涙を流しながら、俺に土下座をした。

彼の家臣たちもそれに続き、秋津洲さんの家臣も同じように俺に頭を下げる。

「みなさん、今日は喜ばしい日です。この分裂し混乱するアキツシマ島に、外部よりそれを正すお方が現れたのです。バウマイスター伯爵様は我らの新しい主様です」

「えっ？　俺？」

突然秋津洲さんが俺を新しい主君だと言い始め、それに俺たち以外の全員が賛同して頭を一斉に下げた。

俺は、ただ争いを止めようと岩盤を砕いて水を確保しただけなのだが……。

「これで、水不足で収穫が足りなくなることもなくなりました。七条領と秋津洲領でも、新しい土地で沢山の作物が作れます」

「俺はバウマイスター伯爵様の家臣になるぞ。みんなもいいよな？」

「「「「「「「「はい！　異存はありません！」」」」」」」」

「バウマイスター伯爵様は救世主です」

この中で一番家柄がいい秋津洲さんの臣従宣言により、誰一人反対することなく、逆に大喜びで俺の家臣と領民になると宣言し、頭を下げてしまった。

これでは、俺はもう逃げられないではないか。

「ルイーゼ、どうしよう？」

「どうせ、王国からバウマイスター伯爵領にされてしまった島だからね。ヴェルが平定しないと駄目なんじゃないの？」

「魔族の件もあるんだぞ……」

「だから、大急ぎで？」

「そんなお手軽に、戦乱の渦中にある島の統一なんてできるか」

「やってみないとわからないじゃない。みんな、協力するから」

「ルイーゼ嬢の言うとおりである！　某も協力するのである！」

「(じゃあ、あんた一人でみんなぶん殴って統一してくれ。統一したら、法衣から在地領主になれますよ)」

　さすがに空気を読んでそれを口にはしなかったが、俺はなるべく短期間でこの島を統一しなければいけなくなるのであった。

巻末おまけ　メイド、魔王様とお菓子を作る

「ああ……酷(ひど)い目に遭った……」

「お館(やかた)様、とても可愛(かわい)かったですよ」

「ふんっ！」

「痛いですよぉ……ドミニク姉さん」

「仕えているご主人様が大変な目に遭ったのに、可愛いなんて言っている場合ですか！」

「一日で元に戻れたからいいじゃないですか」

「もし元に戻れなかったら、エリーゼ様がどれだけ悲しむか……」

「昨日、可愛いって言って抱きかかえていましたよ」

「……ふんっ！」

「痛いですぅ……」

「君ら、面白いね」


最初、メイドはアマーリエ様しか同行しなかった魔族の国行きですが、次第に安全だとわかってきたので、私たちもお館様の『瞬間移動』で連れてきてもらえました。

とはいえ、ほぼ室内でフリードリヒ様たちのお世話をしたり、今はバウマイスター伯爵家所有の魔導飛行船で田舎……自然豊かな場所に来ているので、食事やお菓子作りにも全力を注いでいます

とも。

あっ、そうそう。

今は、魔族の王様と宰相様も一緒ですからね。

特にオヤツは、気合を入れて作っていますよ。

魔王様はまだ少女なので美味しいお菓子は必須ですし、宰相のライラ様も若い女性です。

お菓子は嫌いではないはず。

実際、お出ししたものは残さず召し上がっておられますし。

そんな日々の中、なぜかお館様が可愛らしい子犬になってしまいましたが、バウマイスター伯爵家ではもうこの手のトラブルは定期的に起こるので、私たちも慣れたものです。

それなのに、ドミニク姉さんがまた私の頭上に拳骨を落とすから困ってしまいます。

「レーア、それよりも今日お出しする『プリンアラモード』は完成したのですか？」

「大丈夫ですよ。今、アンナさんが仕上げていますから」

「それは安心ですね」

「事実ですけど……そこはかとなく、私への信用がないようにも取れる発言ですよね？」

「まさか。レーアの指導でアンナさんも盛り付け、飾り付けが上手になったということですよ」

……本当にそうでしょうか？

最近、アンナさんの評価ばかりが上がって、私の立場が微妙なものになっているような……。

「ここは他国なので、仕入れられる食材の質に憂慮していましたが、杞憂に終わりましたね。お値段も安いですし」

「そうですよね。よく利益が出るなぁ……って思いますよ」

お館様から、魔族の国では質のいい食材が安く手に入ると聞いていましたが、確かにそのとおりでした。

金貨を売って得たこの国のお金を預かっていますが、計算するとどの食材も安いです。

私たちからすればとてもありがたい話なのですけど、作っている人たちは生活が成り立っているのでしょうか？

「エルヴィン様がお館様から聞いた話によると、魔族の国では農業も畜産も大規模に行ってコストを下げているそうです」

「それで安くなるのですか……よくわかりませんが……」

「私もよくわからなかったです」

ドミニク姉さんにもアンナさんにもわからないこと。

私にわかるわけがありませんけど、ようはお安く食事やデザートが提供できるわけです。

「アンナさん、今日のプリンアラモードは大丈夫ですか？」

「はい。果物も安かったので、上品に多くの種類を盛りつけました」

「確かに、とてもいい出来ですね」

エルヴィン様と結婚したばかりのアンナさんですけど、真面目に修練に励んでいますね。

以前は作れるお菓子やデザートが少なかったのに、あっという間に上達して……。

「私の立場は？」

「急になにを言っているのです？　レーアは」

もし私がお払い箱になってしまったらと、これでも繊細なので心配することもあるんですよ！

「おほん。今日のプリンは、随分と固めですね」

「お館様のリクエストです」

「ちょっと前までは、プリンは極限まで柔らかく仕上げていたではないですか」

定期的にお館様から謎のリクエストが出るのですが、ここ最近で一番首を傾げたのは、プリンの固さでした。

少し前までは、『プリンは柔らかければ、柔らかいほど美味しい』って言っていたんですよ。

実際に、あまりの柔らかさに容器に入れないと形が保てないほど柔らかくしたプリンは、たまにいらっしゃる導師様にも大好評でしたし。

ところがここ最近では、『流行が一周したんだ！』という意味不明な発言と共に、プリンは固く仕上げるようになっていたのです。

「流行が一周って……ドミニク姉さん、プリンって流行していましたかね？」

「お館様の発言は、たまに我ら下々には理解できないことも多いですが、このプリンアラモードを仕上げる際、確かに固いプリンの方がしっくりくるのは事実です」

「型から外しても崩れないのはいいですね。ホイップした生クリームもデコレーションしやすいです」

「果物も盛り付けやすいですよね」

プリンアラモード。

お館様指定の固いプリンに、ホイップした生クリームをたっぷり盛り付け、カットした様々な果物で飾っていく。

ケーキもいいですけど、プリンアラモードも美味しいですよね。

「レーア、アンナさん。今日もいい具合に仕上がっていますね」

「さあ、お館様たちにお出ししましょう」

この出来ならば、お館様も大満足してくれることでしょう。

このあと、完成したプリンアラモードをみなさんにお出ししましたが、大変に好評でした。

みんな残さず召し上がられていました。

「そのうち、またお館様が『プリンは柔らかい方がいい!』と考えを改めるのでしょうか?」

「そうかもしれません。ですが私たちは、プリンが柔らかかろうが、固かろうが、それに応えることこそが一番大切な仕事なのですから」

おおっ!

ただのプリンの固さでそこまで言えてしまうドミニク姉さんは、やっぱりクソ真面目……。

「ふんっ!」

「痛いですよぉ……どうして私の心の声が……」

「長い付き合いです。それとなくわかるのです」

そんな以心伝心、全然ありがたくないので、なくなってしまえばいいと思うのですよ。

私は。

＊　＊　＊

「ミュウミュウ」

「ドミニク姉さん、とっても可愛らしいですよ、この子犬？」

「レーアさん、犬って『ミュウミュウ』って鳴きましたっけ？」

「私の記憶の限りでは、そういう犬と遭遇したことはありませんね。ピンク色の犬も、今日初めて見ました」

「アンナさん、レーア。この子犬は陛下の飼い犬ということになっています。詮索は無用です」

オヤツのあと、魔王様がピンク色で『ミュウミュウ』と鳴く変な子犬……でも、モフモフで可愛いですねぇ……を見せてくれた。

思わずスリスリしたくなってしまいます。

「どうだ？　余の僕であるシュークリームは可愛いであろう？」

「はい。とても可愛らしいですね」

こういう時、なにも考えずに『可愛い』と言えてしまうアンナさんが羨ましいです。

確かに子犬は可愛いですけど、色々とツッコミたいところが……。

「陛下、この子犬はシュークリームっていう名前なのですか？」

「そうだ。余はシュークリームが大好きだし、世間からの人気も非常に高い。その名を取ったこの子は、みなに愛されるいい僕となるであろう」

確かにシュークリームは人気のお菓子ですけど、犬の名前としてはどうなのでしょうか？

魔王様だからか、ちょっとセンスがお館様寄り？

これを口にすると、またドミニク姉さんの拳骨が落ちてしまうので、私はただ静かに笑っていますとも。

「陛下、抱いてもいいですか？」

「アンナであったな。いいぞ」

アンナさんって、こういう時に動きが早いですよね。

意外と利に敏いというか、チャンスを逃さないというか……。

しっかりしているとも言えますか。

魔王様から渡された子犬……シュークリームちゃんを嬉しそうに抱きかかえています。

「……陛下、この子、ちょっと臭くないですか？」

「うむ……孵化したばかりだからかの？　生まれた時は濡れていたからの。さらに自分で毛繕いもしていたから、少しばかり臭うのかもしれぬ」

「孵化ですか？」

えっ！

魔族の国の犬って、卵から孵るのですか？

「生まれたということです。そうですよね？　ライラさん」

「ええ、ドミニクさんの仰るとおり、生まれたのですよ」

陛下についていらっしゃるライラ様と、ドミニク姉さん。

あきらかになにかを隠している……そこを深く追及しないのが優れたメイドなので、私はなにも言いませんとも。

「確かにこの子は少し臭いますね。洗えばいいと思いますよ」

私もシュークリームちゃんを抱かせてもらいましたが、確かにモフモフを堪能するには少し臭います。

お風呂で洗ってキレイキレイすれば、もっと存分にモフモフできるでしょう。

「余も少し臭うと思っていたのだ。洗って臭くなくなれば、シュークリームはもっとみなさんに愛される余の僕となろう。ライラはどう思う？」

「陛下の仰るとおりかと。シュークリームは陛下の僕。臭ければ、陛下のご評判も悪くなってしまいますので」

「そうだな。夜にお風呂で洗うとしよう」

「陛下、そのようなことは私たちがいたしますので、お任せを」

陛下は、なんといっても魔王様ですからね。

犬を洗うなんて仕事は、私たちに任せればいいのです。

私たちがお風呂に入る時、ついでに洗えばいいのですから。

「ドミニク姉さんの実家は犬を飼っていて、たまに洗っていましたよね。こちらに任せてもらって大丈夫ですよ」

その時はお風呂ではなく、暑い季節に水で洗っていましたけど、水で洗うのとお湯で洗うのとに大きな差はありませんからね。

「慣れていますし、アンナさんとレーアがいるので大丈夫ですよ」

まさか魔王様に犬を洗わせるわけにいかないので、ここは私たち三人でパパっと洗ってしまいましょう。

「いや、シュークリームは余が自分で洗うぞ」

「ですが……」

「バウマイスター伯爵も認めておる。この子は余がなるべく傍(そば)にいて面倒を見た方が、将来凄(すご)い僕になるのだ」

「「「……」」」

それはつまり、ご自分で優れた護衛役も兼ねた番犬に調教するという意味でしょうか？

しかしながら、魔王様に調教師の経験があるとは思えないのです。

「陛下は優れた王となるため、今、様々なことを懸命に学んでおられます。その一環だと思っていただければ」

「なるほど、そういうことですか。では、私たちもお手伝いさせていただきます」

「すまぬの、ドミニクとやら」

「いえ、これもメイドの仕事ですから」

いい魔王様になるため、犬の洗い方も学んでおく？

下々のすることも自らが実際に行って理解する、的な考えでしょうか？

この魔王様って、お館様に考え方が似ているような気がします。

もしや！

このまま気が合って、魔王様もお館様と？

「（ぶるぶるぶる、まさかですよねぇ……）」

「どうかしましたか？　レーア」

「いえ」

「では早速、夜のお風呂の時間にシュークリームちゃんを洗ってあげましょう」

「「わかりました」」

こうして私たちは魔王様たちと犬を洗うことになったのですが、それにしてもシュークリームって……。

魔王様のネーミングセンスは独特すぎます。

＊　＊　＊

「前から思っていたのだ。この船の中に作られた風呂場は大きいの。なあ、シュークリーム」

「ミュウミュウ」

「お館様自らのご命令で、船内の風呂場は大きく作られています」

「ほほう、バウマイスター伯爵は風呂好きなのだな」

その日の夜、私、アンナさん、ドミニク姉さん、魔王様、ライラ様、そしてシュークリームちゃんとでお風呂に入りました。

この船のお風呂場は広いので、この人数で入っても十分に余裕があります。

お館様は、奥様たちと一緒にお風呂に入ることが多いですからね。

この船は遠征に耐えられるような造りとなっており、お風呂もお金をかけて広く豪華に作られていました。

魔王様を迎えるのに相応(ふさわ)しいお風呂というわけです。

「早速、シュークリームを洗うとするか」

「陛下、お館様がこのシャンプーを使うのがいいであろうと。犬用なので、香りが抑えめだそうです」

「そんなシャンプーをバウマイスター伯爵が作らせていたのか。さすがだな」

「伯爵様とは思えない、細やかな配慮ですね」

実はこのシャンプー。

多くの男性貴族たちから、『夜のお店に行って帰宅した時、石鹸(せっけん)やシャンプーの匂いが強いと困る！』という要望を受け、なぜかお館様が開発したものなのです。

ただの香り抑えめシャンプーなわけで、別に犬に使ってもいいのですけど。

それを魔王様にお教えするのは……教育上よくないのでやめておきましょう。

「まずは、頭を除いた全身にお湯をかけ、毛を濡らします」

「こうだな」

魔王様が自らシュークリームちゃんの体にお湯をかけているからか、えらく大人しいですね。

きっと頭のいいワンちゃんなのでしょう。

「昔、ドミニク姉さんが飼っていたバカ犬に比べると賢いですね」

「ふんっ！」

「痛いですぅ……」

「誰の犬がバカですか！」

だって、あの犬……いつも私に吠えて！

ドミニク姉さんとは血縁は少し遠くても、その関係は実の姉妹以上であるのに、いつまでも覚えなかったバカ犬なのですから。

「ペロの判断は間違っていなかったかもしれません。当時のレーアの本質は怪しかったのだと」

「酷い言われようですよ！」

「あくまでも怪しかった、です。毛をよく濡らしたら、シャンプーで全身をよく泡立てます」

なんか上手く誤魔化されたような……。

シュークリームちゃんの毛をシャンプーで泡立てていきますが、この子は本当に大人しいですね。

「全身を十分泡立てたら、あとはお湯をかけて泡を落としていきます。洗い残しのないように」

「シュークリーム、大人しくしていてくれよ」

魔王様の言うことを理解しているのか、シュークリームちゃんは大人しく魔王様に体を洗われていました。

気持ちよさそうにも見え、シュークリームちゃんはお風呂が好きなのかもしれませんね。

「頭の部分も洗って大丈夫でしょうか？」

「シュークリーム、目を瞑っているのだぞ」

「ミュウミュウ」

犬や猫って、頭に水がかかるのをとても嫌がりますからね。

そのためか頭を洗わない飼い主も多いのですけど、シュークリームちゃんは魔王様の言いつけをよく守り、大人しく目を瞑って頭も洗わせてくれました。

「これでよし。あとは濡れた体をよく拭けばいいのだ」

シュークリームちゃんが賢いからか、予想よりも大分早く洗い終わりましたね。

「綺麗になったわね。シュークリームは私たちが預かっておくから、陛下たちはちゃんとお風呂に入ってくださいね」

ちょうどいいタイミングでイーナ様が、体を拭き終わったシュークリームちゃんを迎えにきました。

預かると言っていますが、自分の欲望も大分混じっているようです。

ちゃんと毛を乾かし終えたら、シュークリームちゃんでモフモフしたいのでしょう。

私もしたいです！

「ふう、この人数は必要なかったようですね。陛下のシュークリームちゃんはとても賢かったので、手間がかかりませんでした」

「余の僕なのでな……」

「陛下、どうかされましたか？」

せっかくシュークリームちゃんを洗い終えたのに、魔王様にはなにかお悩みがあるのでしょうか？

ドミニク姉さんをジッと見つめています。

「ライラ、ドミニク、アンナを見てふと思ったのだ。余も大きくなったら、みんなのように胸が大きくなるのかのぅ……」

なるほど。

魔王様もじきにお年頃……魔族もそうですよね？

ちゃんと女性らしく胸が大きくなるのかと、大いに心配しているようでした。

あれ？

「陛下、私の名前が入って！　うぐあぐ！」

「どうかしたのか？　レーアは？」

「いえ、なんでもありません。時期がくれば、陛下も私たちのように成長されますとも」

ドミニク姉さん。

これって、おかしくないですか？

私だって、もうすぐエルヴィン様の妻になる……つまり大人の女性に近いのに、どうして魔王様の言う『みんなのように』の中に入っていないのです？

いかに身分差があっても、これだけは乙女の尊厳に関わるので、絶対に聞いておかなければいけないことなのですから！

「陛下はお肌も綺麗ですから、きっとお美しくなられますよ」

「そう言われて嬉しく思うが、余は表面的な美しさよりも、臣民たちを慈(いつく)しむ心の美しさ、王としてみなを導ける力や知識など、内面を磨く方が大切であろうと思うのだ」

アンナさんに褒められてまんざらでもないような魔王様ですが、この若さでかなり意識が高いですね。

さすがは魔王様というべきでしょうか。

「まだまだ余は精進せねばな」

湯船から立ち上がり、仁王立ちでそう宣言する魔王様は、将来美しい王となられるはずですが、今はペッタンコ。

私にはまだ勝てませんね。

これでも私、脱ぐと凄いんですよ。

「レーア、まだ完全に痩せていませんね」

「ドミニク姉さん、お腹のお肉を摘まないでください！」

魔族の国で買い出しをすると、ついお安いのでお菓子とかを多めに購入してしまうんです！

カタリーナ様がとても欲しそうなお顔をされるので密かにお裾分けして、そんなカタリーナ様は翌朝、鏡の前で念入りにご自分の体形をチェックされていますが、その日のお昼にはまたお菓子を欲しそうなお顔をされて……ああ、もうなにがなんだか。

「シュークリームも無事に洗い終わり、お風呂にもちゃんと入った。もう余はあがるとしよう」

「お待ちください、陛下」

「なんだ？　ライラよ」

「頭を洗い忘れております。陛下は身だしなみを整えることも重要な仕事なのです。毎日頭を洗わなければ」

「毎日頭を洗う必要があるのか？　シュークリームも毎日は洗わないぞ」

「陛下とシュークリームは別にございます。さあ」

「だがな……」

もしかして陛下は、頭を洗うのが苦手なのでしょうか？

「目にシャンプーが入るではないか」

「目をお瞑りになってくださいませ」

「頭を洗っている間、ずっと目を瞑ると不安になるではないか」

その気持ちはよくわかります。

私も子供の頃、頭を洗うのが苦手でしたから。

「ライラ。これは王の命令ぞ！　頭を洗うのは明日でいいのではないか？」

「いえ、そういうわけにはまいりません」

年の割にしっかりしている印象だったのですが、子供らしい部分もあるのですね。

頭を洗うのを嫌がるなんて。

「陛下は、シャンプーの時に目を瞑るのが嫌なのですか？」

「そうだ！　不安になるではないか」

「それでしたら……これを渡しておくべきでしたね」

いったんお風呂場から出たドミニク姉さんは、脱衣所の棚からあるものを持ってきました。

「この大きくて薄いドーナツみたいなものはなんだ？」

「シャンプーハットというもので、お館様が考案なされたものです。こうやって耳の上に嵌めると、目を開けたままシャンプーができます」

そういえば、そんなものもありましたね。

きっと、フリードリヒ様たちが自分でお風呂に入れるようになったら必要になるのでしょうが、今は誰も使わないので、仕舞ったままで忘れていました。

最初は珍しかったので、みんな一回は使ってみたのですけど、大人には必要がないものですから。

「まさに、今の余に必要なものである！　ライラ」

「はっ」

魔王様に促されたライラ様が、シャンプーハットを魔王様の頭に装着し、金色の美しい髪を洗い始めました。

せっかく綺麗な髪なのですから、ちゃんと毎日洗った方がいいと思います。

「凄いな、本当に目を開けたままで頭が洗えるぞ」

魔王様はシャンプーハットを気に入られたようで、ドミニク姉さんもお勧めした甲斐があったというものでしょう。

「陛下、終わりました」

「シャンプーハットとはいいものだな。バウマイスター伯爵より購入しようではないか」

「賛成でございます」

シャンプーハットがあれば、ライラ様も魔王様の洗髪が楽になりますしね。

「でも、魔族の国ってシャンプーハットが存在しないのですか？」

買い物の際に見るとても進んだ街並みの印象からすると、シャンプーハットくらい誰かが考案していそうな気がしてなりません。

それだけ、お館様が偉大だということなのでしょうか？

「ああ、サッパリした。シュークリームは大人しくしているかな？」

お風呂からあがった魔王様は、すぐにシュークリームちゃんの様子を見に行きましたが、エリーゼ様たちにとても可愛がられていました。

シュークリームちゃんも大人しくて、もしかしたら……。

「シュークリームちゃんは、女性が好きなのでしょうか？」

「なぜそういう結論に至るのです？　今、導師様に抱かれていますが、大人しいではないですか」

「ほおれ。子犬になっても可愛いのである！」

ドミニク姉さんの指摘どおり、シュークリームちゃんは導師様に抱かれても大人しいままで……で？

「ドミニク姉さん！」

「なんです？」

「今、見ましたか？」

私は見てしまいました！

ほんの一瞬ですが、導師様に抱かれたシュークリームちゃんが導師様から顔を逸（そ）らした瞬間、犬とは思えない邪（よこしま）な表情を！

私には、『しゃあねえな！　いい子でいるのも辛（つら）いぜ！』と言っているようにしか見えない、普段の可愛さからはかけ離れた表情を目撃してしまったのです。

「ドミニク姉さん、見ましたよね？」

「なにをですか？　シュークリームちゃんは賢くて可愛い子犬。それでいいのではないですか。少なくとも、私たちはそういう風に認識する必要があるのですよ」

「はい……」

その後は、お風呂上がりの魔王様に抱かれてご機嫌なシュークリームちゃんでしたが、あの子は本当に子犬なのでしょうか？

一度気になりだすと……いえ、私たちはメイドなので、お館様たちがシュークリームちゃんを子犬だと言えば子犬……ですが、あとでエルヴィン様から竜の子供が魔道具で子犬に変身したものだと教わり、私だけはそれにえらく納得してしまったのですが。

八男って、それはないでしょう!

八男って、それはないでしょう！ 20

2020年7月25日　初版第一刷発行

著者　Y.A
発行者　青柳昌行
発行　株式会社KADOKAWA
〒102-8177　東京都千代田区富士見2-13-3
0570-002-301（ナビダイヤル）
印刷・製本　株式会社廣済堂
ISBN 978-4-04-064799-9 C0093

企画　株式会社フロンティアワークス
担当編集　下澤鮎美／小寺盛巳（株式会社フロンティアワークス）
ブックデザイン　ウエダデザイン室
デザインフォーマット　ragtime
イラスト　藤ちょこ

本シリーズは「小説家になろう」（https://syosetu.com/）初出の作品を加筆の上書籍化したものです。
この作品はフィクションです。実在の人物・団体・事件・地名・名称等とは一切関係ありません。

ファンレター、作品のご感想をお待ちしています

宛先
〒102-0071　東京都千代田区富士見2-13-12
株式会社KADOKAWA　MFブックス編集部気付
「Y.A先生」係「藤ちょこ先生」係

二次元コードまたはURLをご利用の上
右記のパスワードを入力してアンケートにご協力ください。

https://kdq.jp/mfb
パスワード
d8a3c

● PC・スマートフォンにも対応しております（一部対応していない機種もございます）。
●お答えいただいた方全員に、作者が書き下ろした「こぼれ話」をプレゼント!
●サイトにアクセスする際や、登録・メール送信時にかかる通信費はご負担ください。

マジック★メイカー
異世界魔法の作り方
著者＝鏑木カヅキ
イラスト＝転

好評発売中!!

盾の勇者の成り上がり ①～㉒
著：アネコユサギ／イラスト：弥南せいら
極上の異世界リベンジファンタジー！

盾の勇者の成り上がりクラスアップ 公式設定資料集
編：MFブックス編集部／原作：アネコユサギ／イラスト：弥南せいら・藍屋球
『盾の勇者の成り上がり』の公式設定資料集がついに登場！

槍の勇者のやり直し ①～③
著：アネコユサギ／イラスト：弥南せいら
『盾の勇者の成り上がり』待望のスピンオフ、ついにスタート!!

フェアリーテイル・クロニクル ①～⑳
～空気読まない異世界ライフ～
著：埴輪星人／イラスト：ricci
ヘタレ男と美少女が綴るモノづくり系異世界ファンタジー！

春菜ちゃん、がんばる？ フェアリーテイル・クロニクル ①～②
著：埴輪星人／イラスト：ricci
日本と異世界で春菜ちゃん、がんばる？

無職転生～異世界行ったら本気だす～ **①～㉓**
著：理不尽な孫の手／イラスト：シロタカ
アニメ化決定!!　究極の大河転生ファンタジー！

八男って、それはないでしょう！ ①～⑳
著：Y.A／イラスト：藤ちょこ
富と地位、苦難と女難の物語

アラフォー賢者の異世界生活日記 ①～⑫
著：寿安清／イラスト：ジョンディー
40歳おっさん、ゲームの能力を引き継いで異世界に転生す！

治癒魔法の間違った使い方 ①～⑫
～戦場を駆ける回復要員～
著：くろかた／イラスト：KeG
異世界を舞台にギャグありバトルありのファンタジー！

召喚された賢者は異世界を往く ①～③
～最強なのは不要在庫のアイテムでした～
著：夜州／イラスト：ハル犬
バーサーカー志望の賢者がチートアイテムで異世界を駆ける！

魔導具師ダリヤはうつむかない ①～④
～今日から自由な職人ライフ～
著：甘岸久弥／イラスト：景
魔法のあふれる異世界で、自由気ままなものづくりスタート！

異世界薬局 ①～⑦
著：高山理図／イラスト：keepout
異世界チート×現代薬学。人助けファンタジー、本日開業！

アンデッドから始める産業革命 ①～②
著：筧 千里／イラスト：羽公
貧乏領主、死霊魔術の力で領地を立て直す!?

バフ持ち転生貴族の辺境領地開発記
著：すずの木くろ／イラスト：伍長
転生貴族が奇跡を起こす！　いざ辺境の地を大都会へ!!

異世界の剣豪から力と技を継承してみた
著：赤雪トナ／イラスト：藍飴
剣のひと振りで異世界を切り開く！

限界レベル1からの成り上がり ①～②
～最弱レベルの俺が異世界最強になるまで～
著：未来人A／イラスト：雨壱絵穹
レベル1で最強勇者を打ち倒せ!?　最弱レベルの成り上がり冒険譚！

MFブックス既刊

異世界で手に入れた生産スキルは最強だったようです。①～②
～創造&器用のWチートで無双する～
著：遠野九重／イラスト：人米
手にした生産スキルが万能すぎる!? 創造したアイテムを使いこなせ！

異世界で姫騎士に惚れられて、なぜかインフラ整備と内政で生きていくことになった件 ①～②
著：昼寝する亡霊／イラスト：ギザン
平凡なサラリーマン、異世界で姫騎士に惚れられ王族に？

殴りテイマーの異世界生活 ①
～後衛なのに前衛で戦う魔物使い～
著：くろかた／イラスト：卵の黄身
常識破りの魔物使いが繰り広げる、異世界冒険譚！

万能スキル『調味料作成』で異世界を生き抜きます！ ①～②
著：あろえ／イラスト：福きつね
魔物を倒す&調理する、万能スキル持ち冒険者のグルメコメディ！

呪いの魔剣で高負荷トレーニング!? ①
～知られちゃいけない仮面の冒険者～
著：こげ丸／イラスト：会帆
その身に秘めし、真の力で〝斬り〟抜けろ!!

辺境ぐらしの魔王、転生して最強の魔術師になる ①～②
著：千月さかき／イラスト：吉武
最強の魔術師として成り上がる！

洞窟王からはじめる楽園ライフ ①
～万能の採掘スキルで最強に!?～
著：苗原一／イラスト：匈歌ハトリ
採掘の力で不思議な石がザックザク!? 自分だけの楽園を作ろう!!

転生特典【経験値1000倍】を得た村人、無双するたびにレベルアップ！ ますます無双してしまう ①
著：六志麻あさ／イラスト：眠介
ただの村人から最強の英雄に!? 爽快成り上がりファンタジー開幕！

二度追放された魔術師は魔術創造〈ユニークメイカー〉で最強に ①
著：ailes／イラスト：藻
思い描いた魔術を作れる、最強魔術師のリスタートファンタジー！

マジック・メイカー ①
―異世界魔法の作り方―
著：鏑木カヅキ／イラスト：転
魔法がないなら作るまで。目指すは異世界魔法のパイオニア!!

【健康】チートでダメージ無効の俺、辺境を開拓しながらのんびりスローライフする ①
著：坂東太郎／イラスト：鉄人桃子
元ニート、チートスキルで【健康】になる！

異世界もふもふカフェ ①
著：ぷにちゃん／イラスト：Ｔｏｂｉ
もふもふ達と異世界でカフェをオープン！

日替わり転移 ①
～俺はあらゆる世界で無双する～
著：ｅｐｉｎａ／イラスト：赤井てら
神への復讐を誓った俺がチート無双で異世界攻略！

【スキル売買】で異世界交易 ①
～ブラック企業で病んだ心を救ってくれたのは異世界でした～
著：飛鳥けい／イラスト：緋原ヨウ
スキルの売買で大儲け！ ハートフル異世界ファンタジー始動！